DER TOTE VOM SCHWARZWALD

Ralf Kühling, Jahrgang 1958, wuchs im Ruhrgebiet auf. Er ist Goldschmiedemeister und seit 1990 in Calw im Nordschwarzwald selbstständig. Für seine vier Kinder erzählte er jahrelang Gutenachtgeschichten, bevor er zum Schreiben kam.

RALF KÜHLING

DER TOTE VOM SCHWARZWALD

Kriminalroman

emons:

Lust auf mehr? Laden Sie sich die »LChoice«-App runter, scannen Sie den QR-Code und bestellen Sie weitere Bücher direkt in Ihrer Buchhandlung.

Bibliografische Information der Deutschen Nationalbibliothek
Die Deutsche Nationalbibliothek verzeichnet diese Publikation in der Deutschen Nationalbibliografie; detaillierte bibliografische Daten sind im Internet über http://dnb.d-nb.de abrufbar.

© Emons Verlag GmbH
Alle Rechte vorbehalten
Umschlagmotiv: designritter/photocase.de
Umschlaggestaltung: Nina Schäfer, nach einem Konzept von Leonardo Magrelli und Nina Schäfer
Umsetzung: Tobias Doetsch
Gestaltung Innenteil: César Satz & Grafik GmbH, Köln
Lektorat: Christine Derrer
Druck und Bindung: CPI – Clausen & Bosse, Leck
Printed in Germany 2019
ISBN 978-3-7408-0653-8
Originalausgabe

Unser Newsletter informiert Sie regelmäßig über Neues von emons:
Kostenlos bestellen unter www.emons-verlag.de

Auf der Straße herrscht das Gesetz des Stärkeren,
eigentlich funktioniert die ganze Welt so.
Der Stärkere unterdrückt und beutet aus.
Ich finde, es sollte anders sein,
die Starken sollten den Schwachen helfen.
Nur wer helfen kann, ist wirklich stark …

Carl Christopher Moderski

EINS

Ich sah mich in dem verkalkten Hotelspiegel an. Gerade aufgestanden, schlecht geschlafen, zu viel Alkohol. Hinter mir konnte ich die leere Flasche erkennen, die halb unter das Bett gerollt war.

Vielleicht hätte ich den Wein nicht an der Tankstelle kaufen sollen.

Ich war gestern Abend angekommen, brauchte ein Zimmer, das ich mir auch länger leisten konnte. So war ich hier gelandet, günstig, oder besser billig. Die dilettantisch über der Tapete verlegten Leitungen bestätigten die alte Weisheit, dass Provisorien mitunter lange halten. Was man vom Teppichboden nicht sagen konnte. Die Möbel waren aus Pressholz mit Kunststofffurnier, Marke geschmacklos. Immerhin, die Matratze hatte mir keine Rückenschmerzen beschert.

Ich duschte und rasierte mich, dazu ein frisches Hemd. Schon besser.

Das Frühstücksbuffet bestand aus Cornflakes, eingeschweißter Wurst, zu süßer Marmelade und aufgebackenen Brötchen. Wenigstens der Kaffee war in Ordnung.

Ich ging zu Fuß, vom Hotel zum Kommissariat war es nicht weit. In dieser Stadt war eigentlich nichts weit. Friederichsburg im Nordschwarzwald, irgendwo zwischen Karlsruhe und Stuttgart, war gerade groß genug, um kein Schlaf-Kaff zu sein. Es gab ein Parkhaus. Bei einem Bäcker, der schon geöffnet hatte, kam ich vorbei, alles andere war noch geschlossen, dunkel, mit Rollläden verbarrikadiert. Die trüben Wolken, die dicht über den Häuserdächern zu hängen schienen, verstärkten den faden Eindruck. Als ich das Haushaltswarengeschäft hinter mir gelassen hatte, fiel mir ein, dass ich ein belegtes Brötchen hätte kaufen sollen. Egal, dafür würde ich nicht zurückgehen. Zwei drei Modefilialen, dann »Rademacher – Mode für Sie und Ihn«, Vodafone, Fahr-Rat – »Wir ziehen um – ab 1. November finden Sie uns …« –, Tchibo mit Stehcafé, leider noch zu. Ein kleiner Lichtblick: Beim Juwelier leuchtete und glitzerte es im Schaufenster, der Goldschmied saß schon bei der Arbeit. Auf einem Schild las ich: »KÜHLING – wir machen Schmuck« und »Schmuck ist Liebe«. Klar, wenn man es so betrachtete. Wer kauft schon Schmuck aus Ärger? Glück gehabt, der gute Mann, dachte ich, braucht sich nicht ständig mit den dunklen Seiten der Menschheit herumzuschlagen.

Noch ein Dutzend weitere Geschäfte folgten. Anwaltskanzleien, Physiopraxen, Zahnärzte und was auch immer in den Obergeschossen angeboten wurde. Je näher das Ende der Fußgängerzone rückte, desto mehr nahmen die Leerstände zu.

Das Gebäude der Kriminalpolizei war ein lang gestreckter, weißer, zweigeschossiger Flachdachkasten. Auf dem Parkstreifen vor dem Gebäude standen nur wenige Autos, kein Streifenwagen war zu sehen.

Das weiße Plastik der Sprechanlage war vergilbt und die Rippen über dem Lautsprecher an zwei Stellen herausgebrochen.

Soweit ich bisher feststellen konnte, strahlten alle Polizeipräsidien der Welt diesen unverkennbaren Verwaltungsmief aus. Ich musste an den Goldschmied denken, hier glitzerte nichts. Selbst der Geist der Gerechtigkeit hatte Mühe, unter der Patina aus ärmlicher Vernachlässigung hervorzuschimmern. Das hier ist der Arsch der Welt, dachte ich, zumindest was Verbrechen angeht. Wird ein ruhiger Job. Genau das, was ich nach all dem Mist der letzten Jahre brauchte.

Ich drückte die Klingel.

»Ja?«

»Moderski. Ich bin der Neue.«

»Ich hol Sie ab.«

Der Türsummer schnarrte. Ich stand in der Schleuse, der

Empfang war nicht besetzt. Bildschirm aus, abgestellte Kartons, Staub.

Der Mann kam, graubeiger Bürotyp, Bauch, schütteres Haar. Wir gingen in den zweiten Stock, er redete unablässig. Er stoppte vor einer Tür: »Zimmer 212 – Müller, Christine«, und kündigte mich an. »Der neue Kommissar, Herr Moderski, ist da.«

Christine Müller war mal hübsch gewesen, hatte aber offensichtlich vor ein paar Jahren aufgehört, Modezeitschriften zu lesen. Sie lächelte freundlich. Ich musste kurz warten.

»Ah, Hauptkommissar Moderski, kommen Sie herein«, sagte Winfried Großhans, der Leiter des Präsidiums. Er war Ende fünfzig, grauer Anzug, hellblaues Hemd, rahmenlose Brille, hängende Backen. Er saß zu viel am Schreibtisch, sein Rücken schien rund zu sein, das sah aus, als würde er sich seinem Gegenüber entgegenneigen, dabei machte er einen väterlich-freundlichen Eindruck. Vor ihm lag eine Personalakte.

Er hob den Deckel an einer Ecke an, machte ihn dann aber wieder zu. »Hauptkommissar Moderski, wir freuen uns, dass Sie da sind. Sie haben schon in größeren Revieren gearbeitet, und ich hoffe, Ihre Erfahrungen und Kontakte werden uns allen zugutekommen …«

So ging es noch eine Weile weiter, Erwartungen, dezente Hinweise auf Verhaltensregeln und Hierarchie, Aufgabenbeschreibung.

»… Ihre Kollegen werden Sie dann heute Mittag bei der Dienstbesprechung kennenlernen. Am besten richten Sie sich erst einmal Ihren Arbeitsplatz ein. Mayer bringt Sie hin.«

Der graubeige Typ brachte mich zu einem Büro an der äußersten Ecke des Gebäudes. Die Seite zum Flur hin bestand komplett aus Aktenschränken, gegenüber war eine lange Fensterfront mit Ausblick über einen Parkplatz, über eine Wiese mit Grillstelle, durch Bäume und Büsche zum Fluss, dahinter Industrie, die Bundesstraße, ein Berg, der Rest der

Welt. Vor den Fenstern standen vier Schreibtische, die zwei in der Mitte zusammengestellten sahen nach viel Arbeit aus: Aktenstapel, lose Papiere, leere Kaffeetasse, ein Wackel-Elvis, Fotorahmen. Ein weiterer Schreibtisch war rechts an die Wand gerückt, darüber hingen ein Terminplaner, ein paar Fotos und Ansichtskarten. Der vierte Schreibtisch stand links an der Außenwand, er war leer bis auf einen Röhrenmonitor, IT-Steinzeit.

Wohin hat es mich hier nur verschlagen? Das war also mein Arbeitsplatz, mit Blick auf die Wand.

Mayer wies darauf. »Hier sitzen Sie, in Ihrem Rücken ist der Platz von Kommissar Oppermann, gegenüber Hauptkommissar Gerl und da Hauptkommissarin Hammerschmitt.«

»Wo sind die alle?«

»Heute Morgen wurde ein Leichenfund gemeldet, Gerl und Oppermann sind vor Ort, Hammerschmitts Sohn ist krank, sie kommt später.«

Erster Tag – erster Toter. Und das sollte ein ruhiges Revier sein? »Hier ist ja richtig was los.«

Mayer sah mich fragend an.

»Na, mein erster Tag und gleich eine Leiche.«

»Das ist, glaube ich, nur Zufall«, sagte Mayer. »Im letzten Jahr hatten wir nur fünf Tötungsdelikte.«

»Okay, dann sollte ich mir das nicht entgehen lassen. Können Sie mich hinbringen?«

»Wollen Sie sich nicht erst einrichten?«

Ich stöpselte den Monitor aus und drückte ihn Mayer in die Arme. »Sagen Sie der IT-Abteilung, den Rest können sie auch abholen. Ich brauche einen Druckerscanner und einen Zugang zum Intranet. Wir treffen uns in fünf Minuten am Eingang.«

Mayer starrte mich ungläubig an und ging erst, nachdem ich mehrmals genickt hatte.

Ich packte meinen Laptop aus und klappte ihn auf, von Oppermanns Tisch schnappte ich ein Blatt Papier und legte einen Kugelschreiber dazu. Fertig, mein Platz war eingerichtet.

Wir verließen die Stadt Richtung Saulau. Ein bis zwei Kilometer nach der letzten Bebauung von Friederichsburg bogen wir von der Bundesstraße ab. Mayer fuhr einen Forstweg entlang und hielt an einem Abzweig, bei dem schon einige Wagen geparkt waren. »Da rein, circa zweihundert Meter. Sie können die Kollegen gar nicht verfehlen, sind ja genug da.«

Ich stapfte zur Fundstelle. Hier lag noch Schnee, in der Stadt war schon alles weggeschmolzen. An der Absperrung hielt mich ein Polizist an. Ich zeigte ihm meinen Ausweis. »Hauptkommissar Moderski, ich bin neu hier, seit heute. Wer leitet die Ermittlung?«

»Ich«, meldete sich einer. »Hauptkommissar Gerl.« Der Mann strahlte mit seinen nach innen gerichteten Schneidezähnen die Bedrohlichkeit eines Frettchens aus. »Wer sind Sie?«, fragte er barsch.

»Moderski.«

»Ah, und was machen Sie hier?«

»Ich wollte mir das nicht entgehen lassen. Darf ich?« Ich schlüpfte unter dem Absperrband durch und an Gerl vorbei.

»Da gibt es nicht viel zu sehen. Ein Obdachloser, er hat sich einen Unterschlupf im Wald gebaut, ist vermutlich erfroren. War ja ganz schön kalt in den letzten Tagen.«

Ein Mann in weißem Schutzanzug streckte mir seine Hand entgegen. »Norbert Oppermann. Sie hätten sich auch erst mal in Ruhe eingewöhnen können. Das hier ist keine große Sache.«

»Ich war schon fertig mit Eingewöhnen und wollte mich nicht langweilen. Ich gucke erst mal nur von Weitem zu.« Zu Gerl gewandt sagte ich: »Lassen Sie sich nicht stören.«

Gerl ging an mir vorbei und brummte: »Sie stören doch nicht.«

Der Fundort der Leiche lag mitten im Wald, etwa dreihundert Meter von der Straße entfernt, zweieinhalb Kilometer bis zur Stadt. Der Wald war hier ein Mischwald, hauptsächlich Buchen, aber auch Tannen, Fichten, Kastanien und Eichen, es gab wenig Unterholz, nur hier und da Büsche und junge Bäume, die im Schatten der großen um ihr Leben kämpften. Der Tote lag zusammengekauert unter alten Lumpen in einem provisorischen Unterschlupf aus kleinen Stämmen und Ästen, ein Stück von einer Lkw-Plane und ein paar Bretter dienten als Dach.

Ich reckte mich, um mehr zu sehen, aber Gerl stand absichtlich im Weg. »Keine Fremdeinwirkung?«

»Nein!«

Einer von der Spurensicherung sagte: »Nicht offensichtlich.«

Ich erblickte Schnapsflaschen und Konservendosen. »Was sind das da für Dosen?«

Wieder war es der Mann von der Spurensicherung, der antwortete: »Hundefutter.«

»Steht alles später im Bericht, Herr Moderski«, knurrte Gerl von der Seite.

Aha, so gern hatte er mich also hier. Ich nahm ihm doch nichts weg, oder hatte er was zu verbergen?

Ich ging zum Wagen der Kriminaltechniker. »Habt ihr Scheißhaufen gefunden?«

»Was?«

»Na, wenn der hier gewohnt hat, wird er auch hingemacht haben. Nicht gleich in der Nähe, aber irgendwo hier.«

Nein, hatten sie nicht. Gestern hatte es geschneit, vermutlich lag der Tote schon länger hier, alle Spuren waren verdeckt. Ich dachte: Vielleicht sollten sie Hunde holen, sagte aber nichts.

Hier war nichts zu tun für mich. Ich ging ein Stück zur Straße zurück und dann in einem großen Bogen um die Fundstelle herum. Der Schnee war nicht tief, ich kam auch querfeldein gut voran, bergauf war es anstrengend, aber die Luft war angenehm.

Sollte ich öfter machen, Bewegung im Freien.

Einige Tiere hatten frische Spuren im Schnee hinterlassen, Hasen, Rehe, Fuchs, mehrere Hunde. Ich kreuzte den Waldweg. Erstaunlich, wie viele Autos hier schon langgefahren waren. Vierhundert Meter oberhalb des Weges traf ich auf einen Zaun. Er war alt, mit Übersteigschutz aus NATO-Draht. Außen erkannte ich Spuren von Turnschuhen. *Jogger.* Innen waren Abdrücke von groben Stiefeln und Hundepfoten im Schnee. *Wachen.* Ein Stück weiter war ein Tor, verriegelt mit einem Sicherheitsschloss und zusätzlich mit einer Kette. Der Jogger hatte das Gelände hier verlassen, war einmal außen herumgelaufen und auch an dieser Stelle wieder hineingegangen. Ich legte meine Uhr neben einen besonders deutlichen Fußabdruck und machte ein Foto mit meinem Handy, inklusive GPS-Daten. Keine der Spuren führte zum Fundort.

Von einem Kollegen ließ ich mich zum Revier zurückbringen.

Nadija Hammerschmitt saß an ihrem Schreibtisch. Als ich eintrat, fuhr sie mit ihrem Stuhl nach hinten und lehnte sich entspannt zurück. »Ja?«

Ein paar Sekunden musterten wir uns. Sie, knapp eins achtzig, Ende dreißig, glänzende braune Haare, Pferdeschwanz, große aufmerksame Augen, ebenfalls braun, schlank, aber kräftig, verwaschene Jeans, weiße Hemdbluse, leuchtend grüne kurze Steppjacke. Sie gefiel mir, trotz ihres müden, etwas bitteren Zugs um Mund und Augen.

Was sieht sie wohl bei mir?

Ich dachte an mein Bild im Spiegel heute Morgen.

Aber ihr professionell beobachtender Blick wurde freundlicher, das Bittere machte einem koketten Lächeln Platz.

War wohl nicht mehr so schlimm.

»Nadija Hammerschmitt.« Sie kam mir entgegen, wir reichten uns die Hände. Fester, trockener Händedruck. »Sie müssen Hauptkommissar Moderski sein. Ich habe gesehen, dass Sie schon da waren.« Sie deutete auf meinen Schreibtisch in der Ecke.

»Ja, Moderski. Angenehm.«

Bisschen steif.

»Sie können Nadija sagen, wir sind ja jetzt Kollegen.«

Sie wirkte etwas zu ungestüm fröhlich für ihr Alter, ein bisschen aufgedreht, aber nett.

»Ja, gern. Ich heiße Carl.« Ich reichte ihr noch mal die Hand, sie hielt sie eine Sekunde zu lange.

Sie sucht einen Freund, vielleicht einen Verbündeten.

Merkte ich mir.

»Du warst an der Fundstelle?«

Das Du klang noch ungewohnt. Ich berichtete ihr, was ich mitgekriegt hatte.

»Ja, Gerl macht gern auf wichtig«, sagte sie.

»Warum warst du nicht da?«

»Nicht mein Ding. Ich mach hier Innendienst. Ich kann ja die Berichte lesen.« Da war wieder der müde Ausdruck, aber nur kurz, dann lächelte sie wieder. »Um zwölf ist Dienstbesprechung, wollen wir danach zusammen was essen?«

»Okay, ich will noch etwas recherchieren.« Ich blickte zu meinem Laptop.

»Klar.«

»Was machst du gerade?«

»Ich tippe einen Bericht, häusliche Gewalt, wir haben die Frau in ein Frauenhaus gebracht.«

»Wieso machst du das? Du bist doch Hauptkommissarin?«

»Wir haben keine Sekretärin.« Sie wandte sich zu ihrem Platz. »Und einer muss es ja machen.«

Ach, so ist das.

Ich startete meinen Laptop und rief eine Karte der Gegend auf. Der umzäunte Bereich war als »Staufenbergkaserne« ausgewiesen.

Ich fand mehr heraus: Staufenbergkaserne Friederichsburg. In den 1950er Jahren gegründet, Infanterieausbildung, seit

den Sechzigern Fallschirmjäger, in den Neunzigern Eliteaus-
bildungszentrum, aufgegeben, Planungen zur Industrian-
siedlung, seit 2006 verpachtet an »PMC security, logistic and
trainee«.

PMC gleich »Private Military Contractors«? Söldner?

»Carl, kommst du mit? Die Dienstbesprechung fängt gleich
an.«

»Sekunde, bin sofort da.« Laptop – aus.

Bei der Dienstbesprechung waren fünfzehn Leute anwesend:
der Dienststellenleiter Winfried Großhans, vom K11 Gerl,
Oppermann, Nadija und ich, Kriminaltechnik, Drogen, Sitte,
Wirtschaft, Verwaltung, je ein bis zwei Vertreter. Es gab nicht
viel zu berichten, alles Routine. Gerl nahm viel Zeit in An-
spruch für wenig Neues. Er gehe davon aus, dass es sich um
einen Obdachlosen handelte, der im Suff erfroren war, er
warte auf die Bestätigung aus der Gerichtsmedizin und die
Berichte von Erkennungsdienst und Spurensicherung. Ich
hielt den Mund, war ja mein erster Tag. Großhans bat mich,
mich selbst vorzustellen.

»Mein Name ist Carl Christopher Moderski, Jahrgang '72,
Hauptkommissar. Ich war eine Zeit lang außer Gefecht und
freue mich jetzt auf die Zusammenarbeit mit Ihnen. Danke.«

»Das war knackig.«

Zwischen Nadija und mir standen zwei Portionen Band-
nudeln mit Schinkensoße und Salat.

»Der Salat?«

»Deine Vorstellung.«

»Es war alles Wichtige. Wer mehr wissen will, kann ja fragen.«

Sie schwieg und aß.

Oh, war ich zu schroff?

Aber sie war nicht feige. »Da gibt es schon ein paar Fragen.«

Ich ließ die Gabel sinken und sah sie an.

»Was hast du vorher gemacht? Warum warst du außer Gefecht? Bist du allein hier? Hast du Kinder? Gehst du gern einen trinken? Welchen Sport machst du? Tausend Fragen.«

Ich sah ihr tief in die Augen. Ihr Blick flackerte leicht, aber sie hielt stand. War sie es wert, konnte ich ihr trauen, oder war sie nur neugierig?

Die Stille breitete sich aus, sie würde das Vertrauen zerfressen, wenn ich zu lange wartete.

Ihr Händedruck, sie sucht einen Freund. Du verlierst doch nichts.

»Ich war bei einer Sonderkommission vom LKA Nordrhein-Westfalen. Also eigentlich habe ich mal beim mittleren Dienst angefangen, aber ich habe mich hochgearbeitet, ist 'ne lange Geschichte. Es ging um organisiertes Verbrechen, Drogen, Mord, Menschenhandel.« Ob sie merkte, wie brüchig meine Stimme war? Ich schob mir ein paar Nudeln rein und sprach mit vollem Mund weiter: »Alles, was du dir vorstellen kannst. Erst hatte es ganz banal angefangen. ›Nur ein Kontakt‹, hatten sie gesagt. Aber dann war ich drin und kam immer tiefer rein. Da gab es kein Zurück mehr. Das hat fast drei Jahre gedauert. Harte Zeit. Und dann ging irgendwas schief. Verrat, Unvorsichtigkeit, Pech? Ich weiß nicht. Sie haben mich enttarnt und gejagt. Sie hatten meine Kinder. Ich habe gekämpft, ich habe wirklich gekämpft, aber ich wäre beinahe draufgegangen und meine Kinder auch.«

Für einen Moment aßen wir beide schweigend weiter.

»Ich trinke ganz gern mal einen, nur nicht unbedingt mit den Kollegen.«

»Entschuldige, ich bin immer so ein Kamel …«

Ich sah sie fragend an.

»… das das Gras runterfrisst.«

Ich versuchte ein Lächeln. »Nicht so schlimm. Aber erzähl es nicht rum.«

»Okay.«

Als wir die Tabletts wegräumten, sagte ich: »Wir können ja mal zusammen einen trinken gehen.«

»Obwohl ich eine Kollegin bin?«

»Ich mach eine Ausnahme.«

Sie lächelte und zuckte mit den Schultern.

Das war immerhin kein Nein.

Nach drei Tagen stapelten sich die Weinflaschen in meinem Hotelzimmer. Pünktlich Feierabend zu machen bringt nichts in so einer Unterkunft, weil das Leben keinen Spaß macht in so 'nem Loch. Fernsehen – kannste vergessen. Im Kino zwei Filme – schon gesehen. Die Kneipen in der Nähe – da machte das Unter-Leuten-Sein richtig einsam. Ein Buch – nach fünf Seiten wurde ich von der Ruhe ruhelos. Blieb nur noch die gute Flasche Roter von der Tanke.

Nichts war, wie es sein sollte.

Mein Leben war ein Müllhaufen, und nur ich konnte das ändern.

Im Job waren die Berichte zu dem Fall des Toten im Wald wenig aufschlussreich. Der Erkennungsdienst konnte den Toten keinem Vermissten zuordnen, denn Daten zu ihm waren nicht gespeichert. Durch den Schnee fand die Kriminaltechnik keine verwertbaren Spuren am Fundort. Auf den Flaschen und Dosen befanden sich lediglich Fingerabdrücke des Toten, Kleidung, persönliche Gegenstände ebenfalls ohne Auffälligkeiten. Die Gerichtsmedizin urteilte: Tod durch Erfrieren, zwei Komma acht Promille Alkohol, letzte Mahlzeit Hundefutter.

Gerl wollte den Fall möglichst schnell abschließen und wartete nur noch auf den Gebissabgleich des Erkennungsdienstes.

Die Aktenlage war sauber – zu sauber. Ich hatte das Gefühl, dass es nicht war, wie es sein sollte, und wir machen nichts anderes als warten.

Wenn man etwas ändern möchte, ist es am besten, gleich damit anzufangen. Es war kurz nach neunzehn Uhr. Die Flasche

Rotwein stand geöffnet auf dem Nachttisch. Ich nahm einen kleinen Schluck zum Probieren. Er war okay, ein trockener Spanier, Tempranillo, der herbe, tanninhaltige Geschmack rann über meine Zunge, die Kehle hinunter, und erfrischte und beschwerte zugleich. Ich drückte den Korken in die Flasche. Das war mein letzter Schluck für heute.

Es war dunkel draußen, ein bis zwei Grad plus, Schneeregen, den der Wind mir ins Gesicht blies, ein Scheißwetter! Um die Zeit hatten nur noch die Supermärkte geöffnet. Zu dem einen war es eine Viertelstunde zu Fuß. Bei dem Wetter war kein Mensch auf der Straße. Nur das Licht der Laternen fiel gequält trübe auf das nasse Pflaster und durchbrach die Dunkelheit ein wenig.

Der Supermarkt leuchtete schon von Weitem, als sei er ein gelandetes Ufo.

In den von Neonlicht erbarmungslos ausgeleuchteten Gängen schlichen die letzten Verdammten, wie die Schatten einer vergangenen Zivilisation, Zielen entgegen, die ihrer galaktischen Irrfahrt einen Sinn geben könnten. Diese manifestierten sich dann in Form einer Dose Bohnen, einer Folie mit Fleisch von glücklichen Schweinen und einer Flasche Wodka.

Ich suchte mir Turnschuhe, Trainingshose, Sweatshirt und eine leichte Regenjacke aus, probierte alles und behielt die Sachen gleich an. Jeans, Hemd, Pullover und Winterjacke stopfte ich in einen Rucksack, die Schuhe dazu. An der Kasse legte ich nur die Etiketten auf das Band.

Dann lief ich los.

Der Rhythmus meiner Schritte und meines Atems gaben mir Sicherheit. Die kalte Luft schmerzte in der Lunge, der Schneeregen brannte auf der Haut. Es war scheußlich und wunderbar zugleich.

Ohne auf meinen Weg zu achten, war ich durch die Nacht gelaufen, möglichst durch beleuchtete Straßen, weil noch immer Schnee- und Eisreste die Wege rutschig machten. Eine Dreiviertelstunde später wusste ich nicht mehr, wo ich war.

Ich musste am Ende der Stadt sein, hier erhellte kein Licht die Häuser, die Laternen funzelten trüb und spärlich. Hundert Meter weiter war ein Hauseingang beleuchtet, und aus einer breiten Fensterfront schien aus dem ersten Stock Licht auf die Straße.

Bis dahin, dort kehre ich um.

Mein Atem ging schwer. Ich wartete, bis er sich etwas beruhigte. Aus den hellen Fenstern drangen vertraute Geräusche herunter, Kampfsporttraining. Kommando und Folgen. »Dynamic Self-Defense Friederichsburg e.V.« stand auf einem Schild neben der Tür.

Der Bau musste aus den Anfängen der Turnbewegung stammen. Das Untergeschoss war aus Sandstein und mit der Rückseite direkt an den Berg gebaut. Ich drückte die schwere Holztür auf, bei der die Farbe abblätterte. Rechts und links des Flurs waren Umkleiden und Waschräume, weiter hinten führte eine Holzstiege in das erste Obergeschoss. Trübes Licht und der unverkennbare Geruch aller Kampfstätten der Welt begleitete mich: Schweiß, Schmutz, Reinigungsmittel, muffiges Gemäuer, Leder, Holz und etwas, das an Blut erinnerte.

Sofort war wieder alles da, das Training jeden Tag nach den Hausaufgaben. Mein erster Kampf, Junioren U20, »Vale Tudo«, Faustkampf, fast ohne Regeln. Ich war noch ein Junge, kurz vor dem Abitur, mein Gegner sah fünf Jahre älter aus und hatte ein Mördergesicht, er war ein portugiesischer Straßenschläger.

Schon nach drei Treffern blutete meine Nase. Nach einer Minute war mein linkes Auge halb zugeschwollen, und ich sah seine Rechte nicht mehr kommen. Ich hatte die bessere Technik, tausendmal trainiert, meine Aktionen kamen automatisch: Angriff, Abwehr, Schmerz, Gegenangriff. Mein Gegner war erfahrener, brutaler und wilder. Als ich die Bretter auf mich zukommen sah, war ich froh, dass es vorbei war. Verlieren kann süß sein.

Das Obergeschoss war ein mit roten Ziegeln vermauertes Fachwerk. Im Übungsraum waren die Wände verkleidet, Fangnetze waren vor den Fenstern angebracht worden. Etwa zwanzig junge Frauen trainierten in weißen Judoanzügen. Nadija Hammerschmitt stand mit dem Rücken zu mir, sie trug einen schwarzen Gürtel und gab die Kommandos. Nach kurzer Zeit hatte sie mich bemerkt. Sie deutete auf eine kleine Tribüne aus drei Bänken. »Wartest du? Ich bin gleich fertig.«

Da saßen zwei etwa vierzehnjährige Mädchen und daddelten an ihren Handys. In der obersten Reihe ganz hinten in der Ecke spielte ein Junge mit Autos. Ich beobachtete Nadija. Wenn sie eine Übung vormachte, flossen ihre Bewegungen in vollkommener Harmonie. Ich spürte bei ihr eine Kraft, die außergewöhnlich war.

Das Training war beendet, Nadija kam herüber. »Was machst du hier?«

»Ist Zufall, ich hab mich verlaufen.«

Sie beäugte meinen Joggingaufzug. »Du bist ja ganz nass.«

»Nur die Hose, die Schuhe und die Jacke sind dicht.«

»Ich kann dich nach Hause bringen.«

In dem Moment zog der Junge, der mit den Autos gespielt hatte, an ihrem Anzug. »Mama, ich will heim.«

»Klar, Schatz, wir gehen sofort, ich hole nur eben meine Sachen.« Zu mir sagte sie: »Das ist David, mein Sohn.«

David war etwa zehn Jahre alt, sein Körper wirkte ziemlich zart, sein Kopf dafür relativ groß. Er starrte auf seine Autos, die er in einem kleinen Korb trug.

»Hallo David, du hast ja einen Jaguar. Ist das ein F-Type?« Ich wollte nach dem Auto greifen, aber David riss den Korb weg.

»Man braucht ein bisschen Geduld mit ihm«, sagte Nadija entschuldigend.

Wo waren die Kraft und die innere Harmonie geblieben, die sie gerade noch ausgestrahlt hatte?

Nadija fuhr einen Golf Kombi. Der Kofferraum war voll mit Sportzeug, Spielsachen und einem leeren Kasten Mineralwasser.

Im Wagen fragte sie, ob sie David erst nach Hause bringen könne. Und kurz darauf saß ich in ihrer Küche, trank Kräutertee und beobachtete die beiden bei ihrem Abendritual. David schaute immer wieder verstohlen zu mir, bis er endlich fragte:
»Welches Auto hast du?«

Ich sagte ihm, ich hätte zurzeit kein Auto. Das schien ihn zu verwirren.

»Warum nicht?«

»Ich kann mich nicht entscheiden, welches ich mir kaufen soll, und wenn es nötig ist, kriege ich ja einen Dienstwagen.«

»Hattest du schon mal ein Auto?«

Nadija wehrte ab. »David, lass doch, du immer mit deinen Autos.«

»Nein, ist schon gut. Ich mag Autos auch. Mein erster Wagen war ein VW-Bus, ein T2.«

David staunte. »Ein Oldtimer!«

»Als ich ihn hatte, war er nur alt, aber noch kein Oldtimer.«

Daran hatte er erst einmal zu knacken, was Nadija amüsierte. Sie war hübsch. Wenn sie lächelte, hatte sie süße Grübchen auf den Wangen und sah Jahre jünger aus.

»Bist du schon so alt?«

Er hatte es kapiert. Ich nickte und zwinkerte ihm zu.

»Wie viele Autos hattest du schon?«

»Zähl mal mit, einen T2, einen Golf …«

»Was für einen?«

»Einen Golf 1 GTI mit hundertzehn PS.«

»Der neue Golf 7 hat zweizehntausend.«

Nadijas Lächeln verschwand. Davids Begeisterung verebbte in Schweigen.

Ich tat so, als sei alles ganz normal. »Mein drittes Auto war ein Triumph Spitfire, schönes Auto, ist aber immer kaputtgegangen. Das war schlimm, weil ich nicht genug Geld hatte, um ihn reparieren zu lassen. Und dann hatte ich noch einen Passat Kombi, eine Mercedes S-Klasse, eine G-Klasse, einen SLK und einen GLK.«

»Ich mag Porsche lieber«, tönte David.

»Und was meinst du, was soll ich mir für ein Auto kaufen?«

»Lamborghini Gallardo.«

»He, ich bin Polizist, weißt du, was der kostet?«

Ich Idiot.

David fiel in sich zusammen und schüttelte nur den Kopf.

»Es ist spät«, sagte Nadija. »Komm, ich bring dich ins Bett.«

Er rutschte wortlos von seinem Stuhl.

»David, der hat einen zu kleinen Kofferraum. Denk dir einen neuen aus, mit mehr Kofferraum, aber schnell muss er sein.«

Ich hörte sie im Bad – Zähne putzen – und dann in seinem Zimmer. Plötzlich kam David noch mal in die Küche gelaufen. Er legte ein Spielzeugauto vor mir auf den Tisch und verschwand wieder.

Es war der Jaguar F-Type Coupé aus seinem Körbchen.

Es war still in der Wohnung. Irgendwo tickte eine Uhr. Aus der Nachbarwohnung murmelte ein Fernseher. Ich hörte Nadija leise sprechen, eine Gutenachtgeschichte. Dann stand sie in der Küchentür. Sie hatte sich etwas frisch gemacht und trug jetzt eine Jeans und ein altes Sweatshirt. Es sah umwerfend lässig aus, als sei es ihr völlig egal, wie sie auf mich wirkte.

»Schläft er?«

»Noch nicht.«

Ich ging auf sie zu.

»Es ist nicht leicht mit ihm.«

»Warum, er ist doch nett.«

»Er mag dich.« Sie deutete auf den Jaguar. »Ist gerade sein Liebstes.«

»Was ist mit ihm?«

Nadija zuckte mit den Schultern. »Er ist nicht dumm, er ist irgendwie verzögert, alles ist langsamer bei ihm, und manche Sachen kriegt er einfach nicht hin. Das mit den Zahlen zum Beispiel. Er ist elf und in der zweiten Klasse der Förderschule, die anderen in seinem Alter sind in der fünften oder sechsten.«

Sie schwieg. Ich sah, wie sie mit sich kämpfte, wie sie litt. Dann sagte sie ganz leise: »Nimmst du mich einen Moment in den Arm?«

Ich stand ganz dicht vor ihr. »Nadija, ich bin nicht der, den du suchst. Aber ich hätte auch gern jemanden, der mich hält.«

Sie lächelte ein schüchternes, bittersüßes Lächeln. »So was tut immer weh.«

»Liebe und Schmerz sind Geschwister.«

»Du kannst zum Frühstück bleiben?«

Ich nahm sie in den Arm und antwortete mit einem Kuss. Ihre Bedenken schmolzen wie Schokolade in der Sonne. »Wenn du Nutella hast.«

Nadija lachte. Ihre Verlegenheit war fort. Sie boxte mich an die Schulter. »Mann – du Blöder!«

David war um Viertel nach sieben vom Schulbus abgeholt worden. Nadija brachte zwei Becher Kaffee mit, als sie mich weckte. Natürlich wollte sie mehr von mir wissen. Welche Frau will das nicht von dem Mann, der zum Frühstück bleibt?

So erfuhr sie von meiner elfjährigen Tochter Kai Christin und meinem zwei Jahre jüngeren Sohn Carl Julian. Dass meine Frau Julia aus Stuttgart stammte und nach unserer Trennung wieder zu ihren Eltern gezogen war, was auch ein Grund für die Versetzung gewesen war, da ich so die Kinder öfter sehen konnte. Sie wollte wissen, wo ich Julia kennengelernt hatte. Julia hatte in Dortmund studiert und ihre Diplomarbeit über »Interkulturelle Spannungen und Eingliederung« geschrieben. Ich hatte ihr Projekt aus polizeilicher Sicht betreut. Wir gründeten Hals über Kopf eine Familie, unsere ersten Jahre waren entbehrungsreich, ungestüm und wild, aber wir genossen die Zeit mit unseren Kindern, und wir glaubten, unser Glück sei unverwundbar.

Nadija drückte meinen Arm und unterbrach mich mit einem zärtlichen Kuss auf die Wange. »Du liebst sie noch immer.«

Ich nickte.

»Deshalb sagst du: ›Liebe und Schmerz sind Geschwister.‹«

»Ja.« Meine Stimme klang belegt. »Das Leben ist nicht immer so, wie man es gern hätte.«

»Das musst du mir nicht sagen. Wenigstens weiß ich jetzt, dass es nicht an mir liegt.« Sie klang traurig.

»Oder an David?«, vermutete ich.

»Ja.«

»Wo ist eigentlich sein Vater?«

»Der hat sich aus dem Staub gemacht, als sich herausstellte, dass es mit David schwierig wird. So ein Leben wollte er nicht, mit ›immer so einem Scheißer am Bein‹.«

»Kein feiner Zug.«

»Der Typ war von Anfang an ein Fehler, einer von vielen. Die meisten Männer sind sowieso verheiratet. Oder bei ihnen ist Schluss, wenn sie David sehen.«

Wir hingen einen Moment unseren Gedanken nach, jeder für sich.

»Weißt du«, brach sie das Schweigen, »es ist nicht schön, nur die Trösterin zu sein, die doch nie eine Chance hat.«

»Hey, was war – war; was ist – ist; und was sein wird – weiß niemand. Dir gehört die Gegenwart!«

Sie lächelte ihr bittersüßes Lächeln, und während sie mich in den Arm nahm, flüsterte sie: »Dann gib mir deine Gegenwart.«

ZWEI

Wir waren noch mal eingeschlafen und mussten uns beeilen, um wenigstens zur Morgenbesprechung pünktlich zu sein.

Im Auto fragte ich: »Was hältst du eigentlich von dem Toten im Wald?«

»Ich habe die Akte gelesen, so im Wesentlichen«, antwortete Nadija und überlegte dann eine Weile, um die richtigen Worte zu finden. »Es scheint alles klar, aber mir ist es irgendwie zu«, sie machte eine Pause, »glatt. Alles, was da drinsteht, untermauert die Vermutung, dass ein Obdachloser im Wald erfroren ist, aber nichts stellt diese Vermutung in Frage. Das gibt es doch sonst nicht. Wieso überhaupt obdachlos? Wir wissen ja nicht mal, wer er ist. Außerdem sind seine Hände zu sauber, kein alter Dreck unter den Fingernägeln, seine Haut ist zu glatt, nicht wettergegerbt, keine Schrunden oder alte Verletzungen.«

Mir ging es genauso, außerdem hatte bis jetzt auch niemand nach den Exkrementen des Obdachlosen gesucht. In diesem Moment konnten wir das allerdings nicht weiter erörtern, denn wir waren angekommen und knapp dran.

»Kannst du bitte erst in fünf Minuten nachkommen«, bat mich Nadija überraschend, kurz bevor sie ins Präsidium eilte.

Äh, ich war auch spät dran, da sind fünf Minuten ganz schön lang, deshalb folgte ich ihr schon nach zwei.

Zehn Uhr zweiunddreißig, allmorgendliche Besprechung. Die anderen saßen schon beim Kaffee, als ich mich kurz nach Nadija – erfolglos unauffällig – hereinschlich.

»Guten Morgen, Kollege Moderski«, tönte Gerl, der gerade das Wort hatte. »Frau Hammerschmitt, wir freuen uns, dass Sie auch schon da sind.«

Nadija lief rot an. Ich wusste nicht, ob aus Wut oder Verlegenheit. Ich verbuchte Gerl unter der Kategorie »Arsch«. Ein paar Kollegen steckten tuschelnd die Köpfe zusammen, bis Winfried Großhans sich vernehmlich räusperte. Gerl beendete seine inhaltsarmen Ausführungen, während ich mir ein Wasser einschenkte.

Großhans übernahm. »Wir haben das Opfer einer Prügelei im Krankenhaus liegen. Körperverletzung, vielleicht Mordversuch. Moderski, kümmern Sie sich bitte um die Hintergründe. Das Übliche: wer, wen, wo, wann, warum. Die Akte dazu können Sie gleich in meinem Büro abholen.«

Er verteilte noch zwei, drei andere Aufgaben, dann war die Besprechung beendet.

Nadija war gleich als Erste raus. Ich trank mein Wasser und wartete, dass alle den Raum verließen. Als Gerl an mir vorbeikam, frage er: »Na, wie war's? Gut *geschlafen*?« Er grinste süffisant und klopfte Oppermann, der vor ihm ging, auf die Schulter.

Nein, wir würden keine Freunde werden.

In seinem Büro drückte Winfried Großhans mir einen dünnen Aktenordner in die Hand. »Setzen Sie sich, Moderski.« Er holte tief Luft. »Sie sind jetzt drei Tage da, und schon ist Dampf im Kessel. Sie kommen zu spät, kann ja mal vorkommen, aber das auch noch mit Frau Hammerschmitt. Das ging schnell.«

»Was geht Sie das an?«

»Ich hatte Sie einfach für klüger gehalten, sonst hätte ich Sie vielleicht von Anfang an gewarnt. Ich habe hier für ein produktives Arbeitsklima zu sorgen. Frau Hammerschmitt hat ein Problem mit Männern. Ich will nicht sagen, dass sie schon mit der halben Belegschaft hier Kontakt hatte, aber sie ist dafür bekannt, dass sie keinen festen Partner hat. Im Interesse aller wäre es empfehlenswert, wenn Sie Ihre Beziehung auf einer rein beruflichen Ebene fortsetzen könnten. Und wenn ich sage im Interesse aller, schließe ich Sie mit ein. Und Frau Hammerschmitt übrigens auch.«

Ich wusste, dass Großhans ein guter Chef war und dass er glaubte, was er sagte, und dass es das Beste sei. Deshalb war ich auch nur ein bisschen wütend. »Herr Großhans, mit Verlaub, was ich in meiner Freizeit mache, geht Sie nichts an. Und Frau Hammerschmitt hat kein Problem mit Männern, sondern mit dieser männlichen Gesellschaft und vor allem damit, wie diese mit alleinerziehenden Müttern von Kindern mit Behinderung umgeht. Außerdem hat sie mehr auf dem Kasten als das ganze restliche K11 zusammen. Vor allem dieser Gerl ist echt 'ne Pfeife. Mit Ihrer Erlaubnis würde ich mir gern den Toten im Wald genauer vornehmen.«

»Das lassen Sie mal!« Großhans wurde richtig vehement. »Gerl ist ein kompetenter Kollege, dem ich voll vertraue. Wenn Sie sich auch noch in seinen Fall einmischen, gibt das nur böses Blut.« Er sah mich streng an. »Haben wir uns verstanden?«

Damit war ich entlassen. Okay, war ja nicht mein Ding, aber irgendwie hatte ich ein schlechtes Gefühl.

Als ich in unser Büro kam, zeigte Nadija mir die kalte Schulter.

Ich ging zu ihr. »Was ist los?«

Sie wandte sich ab. »Nichts, lass mich.« Sie hatte geweint.

»Wart ihr das?« Ich schaute Richtung Gerl und Oppermann.

Gerl fragte provozierend: »Was meinst du?«

»Ich meine nur«, antwortete ich betont ruhig, »dass ihr, wenn ihr mies zu ihr seid, Ärger mit mir kriegt.«

Nadija sagte scharf: »Lass das!«

Aber Gerl lachte nur. »Oh, jetzt hab ich aber –«

Oppermann ging dazwischen. »Jetzt kommt mal wieder runter, wir sind doch alle erwachsen. Wir machen hier unseren Job und fertig!«

»Genau«, presste ich durch die Zähne. »Ich mach jetzt meinen Job.«

Dann schnappte ich mir meinen Laptop und verließ das

Büro. Ich brauchte jetzt Luft und Platz und meine Ruhe. Der Tag hatte so schön angefangen.

Im Dönerladen in der Hagenstraße nahm ich einen Tee und setzte mich an einen der Tische mit Glasplatte über der Plastiktischdecke. Als Erstes schrieb ich Nadija eine Mail: »Mittagessen in der Kantine?« Dann rief ich den Bericht »Der Tote im Wald« auf, den ich auf meinen Laptop gezogen hatte. Wie Nadija war auch mir alles zu glatt. Im Prinzip war alles richtig, aber irgendwas fehlte. Etwas stimmte nicht. Wer war dieser Tote? Wo kam er her, was war er für ein Mensch gewesen?

Ich rief mir den Tatort in Erinnerung. *Habt ihr Scheißhaufen gefunden?* Davon stand nichts im Bericht – nicht gesucht, nicht gefunden, keine Hunde?

Ein leises Pling kündigte eine E-Mail an. Von Nadija. »Nein!«

E-Mail zurück: »Beim Italiener?«

Fingerabdrücke auf den Schnapsflaschen und den Hundefutterdosen nur vom Toten. Wie waren die Flaschen aus der Brennerei in den Supermarkt und dann in den Wald gekommen? Automatische Verpackung, Regaleinräumer mit Handschuhen, Kassierer … Kassiererinnen trugen keine Handschuhe! Auf irgendeiner der Flaschen oder Dosen hätten Fingerabdrücke vom Personal des Herstellers oder des Verkäufers sein müssen. Warum gab es nur die Abdrücke vom Toten? Konnte es sein, dass sie vorher abgewischt worden waren? Ich nahm mir vor, noch mal bei der KT nachzufragen. Warum nicht gleich? Im Bericht stand die Mailadresse des untersuchenden Beamten. Noch während ich schrieb, kam eine weitere Mail von Nadija: »Nein!«

Mail zurück: »Was ist los? Ich bin nicht schuld.«

An die Kriminaltechnik noch die Bitte um ein möglichst gutes Foto des Toten.

Nadija: »Lass mich in Ruhe – das ist besser für alle!«

»Wer sind denn alle? Doch nicht du und ich.«

Anscheinend wusste jeder, was besser für »alle« war, außer mir. Ich dachte an den schönen Morgen mit Nadija, der beste seit zwei Jahren, und Ärger stieg in mir hoch. Wieso war Nadija sauer auf mich? Ich hatte doch nichts getan, ich mochte sie wirklich. Gut, ich war kein Traumprinz. War ich wieder nur einer aus der langen Reihe von Fehlversuchen? Das machte mich wütend.

Nadija: »Natürlich du und besonders ich! Ohne dich hätte ich meine Ruhe! Warum konntest du nicht fünf Minuten warten? Dann würden mich hier nicht alle hinter meinem Rücken ›Schlampe‹ und ›die schnelle Nadija‹ nennen!«

An arbeiten war jetzt nicht mehr zu denken.

»Ich konnte doch nicht wissen, dass du schon mit der halben Belegschaft in der Kiste warst.«

Schon als ich auf »Senden« drückte, wusste ich: Das war nicht gut.

Die Antwort kam sofort: »Arschloch!!!«

Scheiße.

Ich klappte meinen Laptop zu und machte mich auf den Weg ins Krankenhaus.

Das Opfer der Prügelei sei noch nicht vernehmungsfähig, meinte die Stationsschwester. Der behandelnde Arzt war nur mühsam aufzutreiben. Als er endlich kam, wirkte er übernächtigt und gehetzt. Ich wies mich aus und fragte nach dem Opfer der Schlägerei. »Kann ich mit ihm sprechen?«

»Klar, kein Problem.« Der Arzt lächelte müde, dann hellte sich seine Mimik auf. »Nächste Woche vielleicht.«

»Ja, witzig. Was ist denn mit ihm?«

»Den haben sie übel zusammengeschlagen, so etwas sieht man hier nicht so oft. Also bisher noch nie. Wir haben ihn versorgt und sediert, wegen der Schmerzen.«

»Und was hat er?«

»Steht in der Krankenakte.«

Ich atmete tief durch. »Und kurz zusammengefasst? Geht das?«

Der Arzt sah auf seine Uhr. »Innere Verletzungen an Nieren und Leber, Prellungen und Knochenbrüche an Rippen, Arm, Finger und im Gesicht.«

»Kann ich ihn mir ansehen?«

»Wieso, sind Sie Mediziner oder so was?«

Wieder ein Witz, der nervte.

»Nein, Boxer«, antwortete ich. »Oder so was.«

Der Arzt antwortete im Gehen: »Ja, ja, okay, aber nur kurz«, und ließ mich von einer Schwester zu dem Opfer bringen.

Der Mann, der vor mir lag, war übel zugerichtet worden, ich schätzte ihn auf Mitte dreißig. Die Verletzungen sahen nicht nach einem Kampf Mann gegen Mann aus. Ich tippte auf erfahrene Schläger, mindestens drei. Wer das getan hatte, der wollte nicht einfach gewinnen, der wollte zerstören. Oder bestrafen.

Der Ort, an dem ihn der Notarzt aufgesammelt hatte, war in der Akte vermerkt. Keine Zeugen, nur die Adresse der Frau, die ihn gefunden hatte.

Die Stuttgarter Straße war eine belebte Durchgangsstraße mit Doppelhäusern aus den fünfziger Jahren, deren Fassaden gegen den Verkehrsdreck verklinkert worden waren. Ich klingelte an der abgenutzten Haustür.

Die Frau wiederholte die Aussage, die ich schon aus dem Bericht kannte. Beim Zeitungsaustragen hatte sie gegen halb drei ein Stöhnen gehört und den Verletzten gefunden. Sie ging noch mit mir raus und zeigte mir die Stelle, obwohl ihr Mittagessen gerade fertig war. Dieser Ort war eindeutig nicht der Kampfplatz. Mühsam folgte ich den Blut- und Schleifspuren etwa zweihundert Meter bis zu einem Parkplatz. Vermutlich hatten sie ihm an seinem Auto aufgelauert, einem 5er-BMW mit rot-schwarzem Kristalleffektlack, denn der Kampf schien auf der Fahrerseite direkt neben dem Auto begonnen zu haben. Er hatte wohl noch versucht wegzulaufen, war aber von den zwei anderen erwischt worden. Ich rief die Spurensicherung an, bat sie, sich hier vor Ort einmal umzusehen, und gab die Nummer des Wagens weiter.

Der Parkplatz gehörte zu einem Supermarkt, die nächsten Häuser waren etwas weiter entfernt. Der Markt war zur Tatzeit sicher geschlossen gewesen. Das bedeutete erst mal Klinken putzen für mich. Missmutig schaute ich zu den dreistöckigen Mietshäusern in der Nachbarschaft. Ich ging von Haustür zu Haustür, von Wohnung zu Wohnung.

An der zwölften Wohnungstür endlich ein Treffer. »Ja, da waren Geräusche, davon bin ich wach geworden. Ich habe Schreie gehört und bin zum Fenster. Da habe ich zwei Autos wegfahren sehen, einen Kombi und einen Geländewagen, keine Ahnung, welche Marke.« Die Frau war leicht lethargisch, und offensichtlich hatte ich sie beim Fernsehen gestört.

»Warum haben Sie nicht die Polizei gerufen?«

»Es war ja dann wieder ruhig.«

Das müsse so gegen zwei gewesen sein, mehr wusste die Zeugin nicht.

Ein Dutzend Wohnungstüren später gab ich es auf. Außer ihr hatte niemand etwas bemerkt.

Als ich zum Parkplatz zurückkam, waren die Kollegen der Spurensicherung schon da. War aber nicht mehr viel zu machen, zu viel Verkehr in der Zwischenzeit, außerdem hatte es gestern Nacht geregnet. Wusste ich selbst. Leider gab es auch im Wagen keine brauchbaren Fingerabdrücke, außer vom Opfer.

Ich ging noch in den Supermarkt und befragte den Marktleiter. Zur Tatzeit war niemand vor Ort gewesen. Um fünf kam der erste Lieferanten-Lkw; nach einem kurzen Telefonat war klar, dass der Fahrer nichts Außergewöhnliches bemerkt hatte.

»Haben Sie diesen roten BMW vorher schon mal gesehen?«

»Der da drüben? Der steht öfter hier. Den Besitzer kenne ich nicht. Ich sehe den Wagen nur immer mal wieder, wenn ich spät Feierabend mache. Vielleicht wohnt der hier in der Gegend, oder der geht in den Puff, da oben im Wohngebiet.«

Ich mailte eine Anfrage an die Sitte.

Die Videoüberwachung des Supermarktes war über Nacht ausgeschaltet, jede Kamera machte im Stand-by-Modus nur im Laden alle fünf Minuten ein Bild. Ich ließ mir die Aufzeichnungen der letzten Nacht zeigen und zog eine Kopie auf meinen Laptop. Man konnte vom Parkplatz nicht viel erkennen, aber der BMW musste so gegen zehn gekommen sein. Von dem Überfall waren keine Bilder gespeichert.

Von zehn bis zwei, das war ein langer Bordellbesuch, alle Achtung.

Mail vom Erkennungsdienst: »Der Fahrzeughalter des roten 5er-BMW heißt Klaus Knabe, wohnhaft in der Heerstraße 164 in Friederichsburg.«

Da konnte ich später nachsehen.

Noch mal Erkennungsdienst: »Das Opfer im Krankenhaus heißt Klaus Knabe, wohnhaft … polizeilich bekannt, Körperverletzung, kleinere Einbrüche, Autodiebstahl, drei Jahre gesessen.«

Mit dem Namen war dem Jungen wohl nichts anderes übrig geblieben.

Ich ließ mir ein Foto schicken. Gleichzeitig erhielt ich das Bild vom Toten im Wald – das ich an einen Freund beim LKA Nordrhein-Westfalen weiterleitete – und die Info zu den Fingerabdrücken. Jetzt, wo ich danach fragte, erschien es dem bearbeitenden Kollegen auch seltsam, dass es keine weiteren Abdrücke oder Spuren gegeben hatte.

Im Back-Café am Eingang des Supermarktes trank ich einen Cappuccino und aß eine Streuselschnecke, mein Mittagessen. Um fünf. Was war mit Nadija? Es versetzte mir einen kleinen Stich. Ich hätte gern mit ihr gegessen. Sie hatte recht, ich war ein Arsch, aber ich war auch immer noch wütend.

Auf sie, weil sie so unlogisch reagierte, und auf Gerl, weil …
Dafür hatte ich gar keine Worte. Und auf Großhans, weil er
Nadija nicht in Schutz und sie nur aus der Schusslinie nahm,
indem er sie ins Abseits stellte.

Egal. Ich mach meinen Job. Das ist das, was ich kann, auch
wenn alles andere zusammenbricht.

Ich schickte Nadija eine E-Mail. »Ich trinke gerade einen
Kaffee. Schade, dass du nicht da bist.«

Die Nachricht von der Sitte kam. Das Bordell in der Kra-
nichstraße 8 war eigentlich kein Bordell, sondern eine alte
Villa, deren Besitzerin Zimmer vermietete, bevorzugt an junge
Damen. Das Etablissement war bekannt, machte aber keine
Probleme, abgesehen von gelegentlichen Anzeigen von Nach-
barn. Die Besitzerin war Lydia Sokolowsky, achtundfünfzig
Jahre, ehemalige Tänzerin und Sängerin, ihr verstorbener
Mann Johannes »Jo« Sokolowsky war Konzertmanager.

Okay, halb sechs, mal sehen, ob schon jemand zu Hause
ist.

Ich ging um den Supermarkt herum und die Kranichstraße
hoch bis zur Hausnummer 8. Es war inzwischen dunkel geworden. Einige Fenster leuchteten durch die Bäume, die im
parkähnlichen Vorgarten der Villa standen. Rechts neben der
Auffahrt zur großen Doppelgarage, vermutlich mit der ehemaligen Wohnung des Chauffeurs darüber, gab es einen Kies-
streifen, der als Parkplatz für etwa sechs Autos diente. Jetzt
waren nur zwei Fahrzeuge da: ein schwarzer Audi A6 Kombi,
tiefergelegt, und ein grausilberner Nissan Kingkab Pritschen-
wagen. Ein Kombi und ein Geländewagen! Ich machte zwei
Fotos, schickte sie ins Revier und forderte Verstärkung an.

Die Haustür der Villa war nicht verschlossen. Man trat
zuerst in einen Windfang, holzgetäfelt, Jugendstilverglasung,
Kristalllaterne. Ich stellte meine Laptoptasche hinter den
Schirmständer, um die Hände frei zu haben. Nach links ging
eine Treppe eine halbe Etage hoch in einen Vorflur. Durch die
verglaste Tür konnte ich in den dahinterliegenden Flur sehen,

links war eine Tür, die halb offen stand. Dann hörte ich Schreie von oben, eine Frauenstimme, Schmerzen, Todesangst. Ich wartete, ob sich in dem Raum unten etwas tat. Niemand sah hinaus, man schien mit den Schreien gerechnet zu haben.

Eine Pistole wäre jetzt nicht schlecht, dachte ich, aber ich hatte meine im Revier gelassen. Einerseits, wer braucht schon eine Pistole zur Zeugenbefragung, und andererseits, wer eine Pistole hat, sollte sie im Zweifel auch benutzen wollen. Wollte ich nicht unbedingt, ich verließ mich lieber auf meine Fäuste.

Ich schlich durch die Schwingtür vor mir in den Flur. Mehrstimmiges Jammern drang aus dem Raum links von mir. Oben wurde jemand gequält. Bei den nächsten Schreien nahm ich ein paar Stufen der Treppe. Weitere Schreie, dann war ich oben. Ein Flur erstreckte sich über die ganze Länge des Hauses, rechts zeigte ein Fenster zum Parkplatz, links zum hinteren Garten. Mehrere Räume gingen von dem Flur ab, wie in einem Hotel. Einige Türen standen offen. Das Zimmer gegenüber war plüschig rot eingerichtet, eine verdeckte LED-Leiste wechselte die Farbe der Beleuchtung. Aus dem zweiten Zimmer auf der linken Seite hörte ich ein Wimmern. Sie schrie nicht mehr. Ich schlich heran und öffnete die Tür.

Ein Kerl mit kurz geschorenem Schädel kniete hinter einem Mädchen, das mit dem Oberkörper, Gesicht nach vorn, auf das Bett geworfen worden war, und vergewaltigte sie. Ein weiterer Kerl kniete auf ihren ausgestreckten Armen, hatte ihren Kopf an den Haaren in den Nacken gezogen und schlug sie mit der flachen Hand ins Gesicht, präzise dosierte Gewalt, damit sie nicht ohnmächtig wurde.

Zwei Schläger gegen einen Polizisten – wer zögert, verliert. Ich trat dem Knienden in die Nierengegend und rammte ihm mit einem rechten Haken meinen Handballen vor die Schläfe. Er kippte zur Seite. Der andere schleuderte das Mädchen vom Bett und sprang auf, um sich auf mich zu stürzen. Zum Glück handelte es sich um ein Wasserbett, und er kam nicht so schnell hoch, wie er gewollt hatte. Als er angestapft kam, war ich schon in Kampfhaltung, lenkte die Wucht seines Angriffes ab und ließ ihn an mir vorbei gegen die Kante der halb geöffneten Tür prallen. Er taumelte zurück, auf seiner Stirn sah ich eine senkrechte Platzwunde. Mit beiden Händen griff er an seinen Kopf, während ich ihm bereits mit zwei Haken auf die kurzen Rippen die Luft aus den Lungen trieb. Mit einem linken Jab brachte ich ihn in Position, mein rechter Seitwärtshaken krachte mit voller Wucht gegen seinen Kiefer, kurz vor seinem Ohr. Ich war im Kampfrausch, Adrenalin beschleunigte mein Herz, Endorphine machten mich high.

Der erste Typ wollte sich aufrappeln. Meine Linke landete auf seinem rechten Auge. Er ging wieder runter auf alle viere. Ich trat ihm die Arme unter dem Körper weg und schlug mit der Rechten nach, sein Kopf krachte mit doppelter Wucht auf den Boden.

Ich musste von meinem Rausch runterkommen. Wenn einer der Typen ein weiteres Mal aufstand, würde ich ihn umbringen. Mein Atem ging schwer, mein Herz hämmerte mir das Blut durch die Adern, sodass sich mein Blick mit jedem Schlag rot trübte. Ich sah mich im Zimmer um und fand das Mädchen neben dem Bett, wimmernd, schluchzend. Blut lief ihr aus Mund und Nase und die Schenkel herunter. Das machte mich nur noch wütender.

Unangemessene Gewaltanwendung im Dienst.

Ich hatte schon ein Verfahren am Hals.

Die Bilder kamen wieder. Mit jedem Pulsieren eine kurze Sequenz.

Ich mit einer Walther-P99-DAO-Pistole. Der Mann vor mir hatte ein Loch im Wangenknochen unter seinem linken Auge, Blut spritzte an die Wand hinter ihm.

Ein grimmiger Kerl mit geschwärztem Gesicht schießt einhändig mit einer Maschinenpistole. Der Rückstoß zieht die Feuerlinie nach oben. Ich lasse mich fallen und drücke dreimal ab. Drei Treffer, der Typ hört auf zu schießen und geht in die Knie.

Noch einer, hinter einem Tisch. Ich setzte eine Reihe von fünf Schüssen in die Richtung. Wieso denken die Leute immer, sie wären hinter einem Tisch sicher? Links eine Hand mit einer MP, Skorpion 61, rechts ein Fuß in unnatürlicher Haltung.

Noch einer im Kampfanzug, Sturmgewehr, überlegene Feuerkraft. Einer seiner Schüsse streift meine Schulter. Drei Schüsse in den Unterbauch, wo die Kevlarweste aufhört. Blase, Prostata, Därme, Bauchschlagader, Wirbelsäule. Er stirbt schon, feuert aber, bis das Magazin leer ist, dann bricht er zusammen.

Er hat mich noch mal erwischt. Ich habe zwölf Schüsse abgegeben. Neues Magazin, fünfzehn Schuss und einer in der Kammer. Irgendwo im Dunkeln sind noch zwei – und meine Kinder.

Im Juristendeutsch heißt das »unangemessene Gewaltanwendung im Dienst«.

Im Journalistendeutsch heißt das: »Polizist übt Selbstjustiz, er war Richter und Henker!«

Ich nenne es »Selbstverteidigung«.

Mühsam zwang ich mich in die Wirklichkeit zurück.

Die beiden Kerle rührten sich nicht mehr. Ich hatte nur ein Paar Handschellen. Ich nahm die Hand von dem einen, zog die Handschelle durch eine Verstrebung am Bett und machte die Hand von dem anderen an der anderen Seite fest. Eine schnelle Durchsuchung, keine Schusswaffen, ein Schlagring, zwei Messer. Zu dem Mädchen sagte ich: »Geh in ein anderes Zimmer.« Es ging nicht, ich musste sie stützen. Legte sie auf eines der Lustlager. Sie krümmte sich wie ein Embryo und weinte.

Dann vorsichtig die Treppe runter.

Ohne Pistole. Das war wenigstens keine unangemessene Gewaltanwendung.

Ich öffnete die Tür zu dem Raum, in dem ich die Menschen vermutete.

Eine ältere Frau saß in einem Stuhl hinter einem Schreibtisch. Das musste die Vermieterin sein. Ein geschniegelter Mann drückte sie mit dem Schuh in ihrer Magengrube in den Stuhl. Er grinste mich überlegen an. Weiter rechts saßen drei leicht bekleidete Frauen auf einem Sofa, davor noch vier sitzend oder liegend auf dem Boden. Ein Kerl mit der Figur eines Schwergewichtboxers bewachte sie und drehte mir den Rücken zu. Er drehte sich langsam um. Als er mich sah, nahm er eine Boxer-Kampfhaltung ein und lächelte erfreut.

Der Geschniegelte nahm seinen Fuß von der Vermieterin und wandte sich mir entspannt zu. »Weißt du eigentlich, mit wem du dich anlegst? Wir sind ein großer Verein, wenn du einem von uns wehtust, kommen vier und tun *dir* weh. Wir können auch hundert schicken, wenn's nötig ist!«

»In meinem Verein sind vierundzwanzigtausend«, antwortete ich und hielt meinen Polizeiausweis hoch. »Wenn Sie *einem* was tun, haben Sie alle am Hals.«

»Nur schade, dass du heute allein gekommen bist, schade für dich.«

»Ich teile den Spaß nicht gern.«

Der Schnösel wurde ernst. »Mach ihn fertig!«

Der Boxer kam auf mich zu und schlug ein paar Finten in die Luft.

Ich stürmte auf ihn los und täuschte einen Angriff vor, ließ mich aber im letzten Moment auf die Knie fallen und schlitterte in ihn rein. Damit hatte er nicht gerechnet, sein erster Schlag sauste knapp über mich weg, während sich meine rechte Gerade in seinen Unterleib bohrte. Nicht ganz fair, doch der Ringrichter hatte heute frei. Mein Schlag presste den Inhalt seiner Blase zurück in die Nieren. Der Typ stöhnte auf und klappte nach vorn. Das ist normal bei so einem Schlag, aber doof, denn er kam meinem Aufwärtshaken entgegen, den ich im Aufspringen durchzog.

Der Kerl hatte gelernt, Schläge einzustecken, er nahm sofort die Deckung wieder hoch. Ich kickte mit der Ferse nach dem Knie seines Standbeins.

Sein Abwehrschlag kam zu kurz. Die Kniescheibe wurde aus ihrer Verankerung gerissen. Mein Gegner war ein ausgebildeter Boxer, vermutlich irgendein Regionalchampion, kein Straßenschläger. Diese Art zu kämpfen schien ihm neu zu sein. Auf dem getroffenen Bein konnte er sich kaum noch halten. Die Überheblichkeit war aus seinem Blick gewichen, er begann zu ahnen, dass er diesen Kampf verlieren würde.

Im Hintergrund hörte ich die Sirene eines Streifenwagens, die Verstärkung, doch sie kamen zu spät. Sie würden erst ins Haus gehen, wenn ein weiterer Wagen da wäre.

Ich täuschte einen erneuten Tritt nach seinem Bein an, schlug aber stattdessen einen ansatzlosen Jab mit rechts genau auf seine Nase. Die harten, ungepolsterten Hände ließen den Knochen brechen. Jetzt sah er für einen Moment nur Sterne. Er feuerte eine Reihe ungezielter Schläge blind in meine Richtung. Ich tanzte nach rechts weg und traf ihn mit einem Highkick in den Nacken. Er folgte der kinetischen Kraft meines Trittes und fiel nach vorn. Ich schickte ihm noch eine Rechts-links-Doublette an den Kopf hinterher, aber er hatte schon jegliches bewusstes Handeln eingestellt.

Ich sah eine Bewegung im Augenwinkel. Der Geschniegelte hatte eine Pistole gezogen.

Scheiße! Der Kerl war zu weit weg. Da halfen nur noch Worte. »Warum umgeben Sie sich eigentlich nur mit Flaschen? Sie sollten einen wie mich in Ihrem Team haben.«

»Da hast du recht, nur wo soll ich einen wie dich hernehmen? Wo du doch jetzt gleich tot bist.«

»Ich glaube nicht, dass es eine gute Idee ist, einen Polizisten zu erschießen, wenn es draußen von Polizei nur so wimmelt.«

»Ich bitte dich, wir wissen beide, dass erst ein Wagen da ist. Bis die reinkommen, bin ich mit dir längst fertig.«

Da hatte er verdammt noch mal recht.

Er hob die Pistole. »Sag tschüss.«

Ich dachte kurz, dass es vielleicht besser wäre, wenn ich mich nicht immer nur auf meine Fäuste verlassen würde. Da krachte ein Schuss.

Der Typ schrie auf, seine Pistole flog durch die Luft.

Nadija erschien in der Tür. »Polizei, Hände hoch. Bei Widerstand mache ich von der Schusswaffe Gebrauch.« Sie sah mich an, checkte, ob mit mir alles okay war. Ein klein wenig Bewunderung schlich sich in ihren Blick, als sie den lädierten Boxer zu meinen Füßen bemerkte.

Kurz darauf kamen die Kollegen von der Streifenpolizei und dann auch Gerl und Oppermann. Sie sicherten das Haus, kümmerten sich um die vier Schläger und um die Frauen. Ich ließ mir eine Tüte voll Eis geben und steckte meine Hände hinein, bis es schmerzte.

»Und?«, fragte Nadija.

»Geht schon«, antwortete ich. »Hände verstaucht, boxen ohne Bandage tut nicht gut. Was machst du eigentlich hier?«

»Ich war in der Nähe, als dein Notruf kam.«

»Wieso das?«

Als ich ihr geschrieben hatte, war sie zu dem Supermarkt gefahren, weil sie wusste, dass das die einzige Möglichkeit für ein Kaffeetrinken in der Gegend war.

»Aber du hast doch längst Feierabend.«

»Ich wollte sowieso noch einkaufen.«

»Und David?«

»Der sitzt im Auto.«

Ich strich ihr mit meiner eisgekühlten Hand über die Wange. »Danke.«

Sie wich zurück. »Schon okay, ich hoffe, es wird nicht noch mal nötig sein.«

»Beim nächsten Mal nehme ich dich gleich mit.« Dann druckste ich rum. »Ich traue mich kaum, dich darum zu bitten …«

Sie guckte skeptisch.

»Kannst du die Vernehmung von dem Mädchen oben übernehmen? Ich habe Angst, dass sonst dabei herauskommt, dass ich einen einvernehmlichen Liebesakt mit ihren beiden Freunden gestört habe, wenn Gerl das macht.«

Nadija wirkte unsicher.

»Ich weiß, du kannst das. Es ist sowieso besser, wenn das eine Frau macht.«

Sie schien noch nicht überzeugt.

»Ich geh so lange zu David.«

Sie seufzte und sagte: »Okay.« Dann reichte sie mir die Autoschlüssel. »Der Wagen steht beim Supermarkt.«

Ich holte für David und mich ein Abendessen im Laden, dann setzten wir uns ins Auto, machten das Radio an, und ich erzählte ihm, was gerade passiert war und warum seine Mutter noch arbeiten musste. Später sprachen wir über Autos und dass er Kfz-Mechatroniker werden wollte oder Rennfahrer.

Als Nadija kam, war er auf dem Rücksitz eingeschlafen. Sie drückte mir ihr Diktiergerät in die Hand. »Da ist alles drauf.«

»Was ist denn passiert?«

Nadija zögerte, sah den schlafenden David an und fasste dann die Geschehnisse für mich zusammen. »Aber nur kurz, ich …« Ihr Blick verriet die Sorge um ihr Kind.

Die vier Typen waren zu Lydia Sokolowsky, der Besitzerin des Etablissements, in die Küche gekommen. Die meisten Mädchen waren da gewesen, die anderen hatten sie aus den Zimmern geholt und alle in Lydias Büro zusammengetrieben. Dort hatten sie Lydia ausgequetscht, wollten wissen, woher die Mädchen kamen. Sie waren mit den Antworten nicht zufrieden gewesen und hatten ungeniert auch die Kolleginnen geschlagen, um Antworten zu bekommen. Sie hatten immer wieder verdeutlicht: »Ihr gehört jetzt uns, und ihr macht, was wir sagen.« Die junge Frau hatte Nadija erzählt, dass sie niemandem gehören und allein über sich und ihr verdientes Geld entscheiden wollte. »Jetzt passt mal auf, was wir mit einer machen, die nicht spurt«, hatte der Schnösel gebrüllt und die zwei mit ihr aufs Zimmer geschickt.

»Er hat wörtlich gesagt: ›Macht sie fertig.‹ Sie hatte Angst um ihr Leben«, beendete Nadija ihren Bericht.

Konnte ich verstehen – die beiden waren menschenverachtend und brutal. Mich ekelte vor den Typen. »Ich hätte härter zuschlagen sollen, ich wollte, sie kämen mir noch mal vor die Fäuste.«

Nadija zuckte mit den Schultern. »Lass gut sein, dafür ist nun der Staatsanwalt zuständig.« Sie blickte zu David. »Ich bring ihn jetzt ins Bett.«

»Sehen wir uns morgen?«

»Klar – im Büro.«

Ich fühlte mich wie ein unschuldig Verhafteter, alles richtig gemacht, trotzdem der Loser.

Als Nadija gefahren war, stand ich allein auf dem leeren Parkplatz. Ich drückte die Playtaste ihres Diktiergerätes: Schluchzen.

»Wie heißt du denn?« Nadijas Stimme war einfühlsam, ihre Fragen sachlich.

Keine Antwort. Geduld. Die Geräusche machten die Szene lebendig. Wimmern, Jammern, Rascheln, wenn sich das Mädchen bewegte. Ganz leises, beruhigendes Flüstern, Nadija musste sie in den Arm genommen haben und dicht an ihrem Ohr sprechen.

Dann stockend: »Stina … Christina Nereni.«

Trösten, ermutigen.

»Und wie alt bist du?«

»Zweiundzwaniiich …« Sie weinte.

Ich spulte vor, plötzlich ganz klar: »Was ist mit dem Mann?«

»Wen meinst du?«

»Der gekommen ist.«

»Er hat sie verprügelt, auch die unten.«

Lachenweinen. »Er hat sie verprügelt, ja. Die waren fertig, er hat sie fertiggemacht – nicht die mich, nicht die mich.«

Jemand fragte: »Können wir jetzt?« Das waren die Sanitäter.

»Noch einen Moment«, sagte Nadija.

Ich schaltete das Diktiergerät aus. Manchmal kann ein rechter Haken eine Seele retten. Mal sehen. Ich musste noch meinen Laptop holen. Es war inzwischen halb zehn, die verletzten Frauen waren ins Krankenhaus gebracht worden und die Täter abtransportiert. Die Spurensicherung war dabei, die beiden Autos abzuschleppen, ansonsten leerte sich der Tatort.

Gerl und Oppermann hatten sich gerade von Lydia Sokolowsky verabschiedet, als ich in den unteren Flur des Hauses trat. Die beiden gingen mit einem knappen Gruß an mir vorbei. Dafür stürzte sich Lydia Sokolowsky auf mich.

»Ah, da sind Sie ja. Ich konnte Ihnen noch gar nicht danken. Sie haben uns gerettet!«

Es fehlte nicht viel, und sie hätte mich geküsst. Das konnte ich gerade noch verhindern, und so nahm sie meine Hand und schüttelte sie heftig. Ich schrie auf vor Schmerz.

»Oh! Was haben Sie denn? Zeigen Sie mal her. Sie haben sich die Hände verstaucht«, stellte sie mit sachkundigem Blick fest. »Ich habe da was für Sie.«

Als sie wiederkam, drückte sie mir ein Fläschchen Arnica-Globuli in die Hand. »Alle halbe Stunde fünf Stück«, kommandierte sie und begann, meine Hände dick mit Pferdesalbe einzucremen und zu bandagieren.

Ich hatte vorgehabt, Nadijas Vernehmung noch abzutippen, aber das konnte ich mir jetzt abschminken.

Als sie mit der Bandage fertig war, sagte Lydia Sokolowsky: »Das haben Sie gut gemacht, junger Mann. Wollen Sie einen Tee?«

»Ein Bier wäre mir lieber.«

»Na, dann kommen Sie mal mit.«

Sie ging voraus in die große Wohnküche der alten Villa. An

der Längsseite gegenüber der Tür waren drei große, überhohe Fenster. Die alten Heizkörper darunter waren aus Gusseisen und mit Ornamenten verziert. Rechts war eine Küchenzeile. Der moderne Gasherd stand an der Stelle, wo man noch die Spuren des alten Kohleherds sehen konnte.

Lydia Sokolowsky holte zwei Bier aus dem riesigen Kühlschrank und wies auf den großen Tisch, der die ganze Mitte des Raumes einnahm.

»Hier essen wir immer alle zusammen. Ich finde es wichtig, dass sich die Mädchen ordentlich ernähren. Von denen können viele ja gar nicht mehr kochen.«

Ich wunderte mich. »Die Frauen kommen nicht nur zum Arbeiten her?«

»Nein, wir sind wie eine Familie. Oft die einzige, die die Mädchen haben. Da ist das gemeinsame Essen ein wichtiges Ritual. Man kommt leichter ins Reden …«

Zwischendurch klingelte das Telefon, der Anrufbeantworter sprang an: »Hallo, hier ist Lydia«, zwitscherte eine erstaunlich jung klingende Stimme dem Anrufer ins Ohr. »Die Kranichstraße ist heute mal geschlossen, die Vögelchen alle ausgeflogen. Ruf doch bitte morgen wieder an.«

Vom anderen Ende hörten wir noch: »So'n Scheiß …« Dann wurde aufgelegt.

Wir stießen mit den Flaschen an und kamen auch ins Reden.

Zu dem Bier kam ein zweites und ein Schnaps, dann noch einer und noch ein Bier. Beim vierten Bier wusste ich alles über ihre Karriere, wie sie ihren Mann kennengelernt hatte und wie erfolgreich sie zusammen gewesen waren.

»Ich war auch ein Revuegirl damals, hab getanzt und gesungen, von der großen Karriere geträumt, und es mit den Männern nicht so schwergenommen. Dann kam Jo. Der hat die Mädchen um den Finger gewickelt, mich auch. Ich bring dich groß raus, hat er gesagt, und wir sind nach Amerika gegangen. Ich hab sogar mit Liza Minnelli getanzt und ein paar

Filme gemacht. Aber dann kamen jüngere … Ist nichts geworden mit dem ›groß raus‹, aber wir haben mit der Agentur gutes Geld verdient.«

Sie hatten die Villa gekauft, umgebaut und renoviert, dazu noch zwei Häuser. Doch leider konnte er die Finger nicht von den Frauen lassen. Und als er starb, hatte er ihr ganzes Geld mit anderen Frauen verjubelt. Aber so war er halt, ein Lebemann, er konnte eine Frau glücklich machen, das konnte er. Und unglücklich. Die beiden Häuser waren versteigert worden, und beinahe hätte sie auch die Villa verloren, wenn ihr nicht die Idee mit dem Vermieten gekommen wäre. Sie kannte ja genug junge Frauen, deren Träume von einer Karriere als Tänzerin oder Sängerin geplatzt waren. Sie bot die Zimmer an und einen gewissen Service, und schon bald florierte das Geschäft. Sie erzählte mir von den Mädchen, von ihren Freuden, ihrem Glück und ihrem Leid und Elend.

»Stina zum Beispiel ist Automechatronikerin. Die könnte auch so gut Geld verdienen, aber sie will Rennfahrerin werden, dafür braucht sie viel Geld, ohne Kohle geht da gar nichts. Sie geht zweimal pro Woche zum Englischunterricht in die Volkshochschule, weil im Renn-Business alle Englisch sprechen, sagt sie.«

Sie erzählte noch von Melissa, die schon seit dreizehn Jahren im Gewerbe war und endlich aussteigen wollte, um Kosmetikerin zu werden. Bisher hatte sie es nicht geschafft, weil ihre Zuhälter ihr alles weggenommen hatten.

»Immer wieder gibt es diese Kerle, die was vom Kuchen abhaben wollen.« Dafür hatte sie extra Klaus Knabe eingestellt. »Der arme Kerl.«

Um zwei, nach dem fünften Bier und ich weiß nicht wievielten Schnaps, bot sie mir eins der Zimmer für die Nacht an. »Kannst ruhig bleiben, stehen ja genug leer.«

Sie erneuerte noch mal meine Bandagen, bevor ich meinen Rausch ausschlafen ging.

Zum Frühstück um zehn gab es starken Kaffee, Spiegeleier auf Schinkentoast mit Ketchup und einen Vorschlag. Lydias ungeschminktes Antlitz tauchte hinter ihrem großen Kaffeepott auf. Obwohl ihr Gesicht vom Leben zerfurcht war, sah sie ohne die gekünstelte Grande-Dame-Attitüde deutlich jünger aus. »Du kannst hier bei mir einziehen. Ewig kannst du ja nicht im Hotel wohnen.«

Das stimmte, das Hotel deprimierte mich schon nach einer Woche.

»Die Zimmer im Erdgeschoss sind bei den Mädchen sowieso nicht so beliebt, weil da immer die Schaulustigen rumlaufen, die ohnehin nichts wollen. Neben meiner Wohnung sind noch zwei Zimmer frei, mit Bad. Und die Küche kannst du mitbenutzen.«

Clever oder lieb, das war hier die Frage. Ich lachte. »Das ist nicht dumm. Wenn du einen Polizeibeamten bei dir wohnen hast, schlägst du zwei Fliegen mit einer Klappe: Die Zuhälter halten sich künftig zurück, und du wärst mit einem Mal aus der Schusslinie bei den Behörden.«

»Ich meine es nur gut mit dir«, empörte sich Lydia und schmunzelte schelmisch.

Das war vermutlich nicht mal gelogen. Aus Dankbarkeit und weil ich ihr im Suff erzählt hatte, dass ich mein Leben scheiße fand und das Hotel zum Kotzen. Wie dem auch sei, ich würde es mir überlegen.

Bevor ich mich auf den Weg ins Büro machte, checkte ich noch meine Mails. Meinen Laptop hatte ich auf den Küchentisch gestellt, Lydia goss mir noch mal Kaffee nach und räumte dann das Frühstücksgeschirr in die Spülmaschine. Mein Kontakt aus Nordrhein-Westfalen hatte mir das Bild bearbeitet zurückgeschickt: der Tote im Wald, wie er lebendig ausgesehen haben musste. Ein junger Mann mit schwarzen Haaren und Vollbart, dunklem Teint und schwarzbraunen Augen. Vor ein paar Jahren hätte man ihn vielleicht als Gastarbeiter oder Terrorist eingestuft, aber heute waren solche Leute in den Modezeitschriften. Für einen Obdachlosen hatte er viel zu glatte Haut, keine Falten und Schrunden. Das konnte an der Bearbeitung liegen, aber ich verließ mich auf die Fachleute vom LKA in Düsseldorf.

Ich drehte den Laptop in Lydias Richtung. »Hast du den zufällig schon mal gesehen?« Konnte ja sein, immerhin war das hier eine Kleinstadt.

Lydia trocknete sich die Hände an ihrer Schürze ab und kam ein paar Schritte näher. Sie lehnte sich über den Tisch und runzelte die Stirn. »Warte mal, das ist doch der, der bei den Mädchen war. Der hat draußen auf sie gewartet und sie abgepasst. Die haben richtig 'nen Schreck gekriegt. Ich mein, wenn da nachts so einer auf dich zukommt …«

»Und was wollte er von den Frauen?«

»Ach, war harmlos. Der hat nach einer Frau gesucht, hat wohl gedacht, sie müsste anschaffen gehen. Aber der war so aufgeregt und sprach nur Englisch mit einem fürchterlichen Akzent, ich habe ihn fast nicht verstanden. Warte mal, ich habe das Foto von dem Mädchen kopiert, ich wollte ihn beruhigen und habe ihm gesagt, dass ich mich umschaue. Er war sehr verzweifelt.«

Wir gingen ins Büro, und Lydia suchte auf ihrem Schreibtisch und anschließend im Papierkorb, aus dem sie eine zerknitterte Kopie herauszog. »Hier, ich hatte sie schon weggeworfen. Sieht nett aus.«

Sie gab mir das Schwarz-Weiß-Bild einer circa zwanzig bis fünfundzwanzig Jahre alten Frau mit langen Haaren und dunklen Augen, die fröhlich und offen in die Kamera lächelte.

Wer war sie? Und wer war er gewesen? Ihr Bruder, ihr Mann, ihr Geliebter, ein Freund? Auf jeden Fall war er gekommen, um sie zu suchen, um ihr zu helfen. Sie zurückzuholen? Jetzt war er tot – sie war allein.

Das Bild des lächelnden Mädchens brannte sich in mein Bewusstsein, ich fühlte spontan eine tiefe, elementare Verbindung zu ihr. Sie war jung, hilflos, ein Opfer – *ich* musste ihr helfen. Es war ein Instinkt, ein Wille, der fast stärker war als ich selbst. Ich sagte mir: Hier irgendwo geschieht ein entsetzliches Unrecht, für das Menschen getötet werden. Tu was!

Ich kam gegen elf ins Büro. Die Frühbesprechung war schon vorüber. Nadija war nicht da, Gerl auch nicht, Oppermann las Zeitung. Als ich eintrat, blickte er mich über den Rand an. »Wird wohl zur Gewohnheit bei dir.«

»Ich hab gearbeitet.«

»Muss hart gewesen sein, du siehst ganz schön fertig aus.«

»Du mich auch. Wo sind Gerl und Nadija?«

»Nadija kommt später, wegen der Überstunden von gestern Abend, und Gerl ist beim Chef. Da soll ich dich auch gleich hinschicken, wenn du kommst.«

Ich machte also auf dem Absatz kehrt und ging zu Raum 212. Christine Müller lächelte auf eine Weise, die ich als interessiert bezeichnen würde. Sie musterte mich von oben bis unten und zurück. Dabei sortierte sie mich wohl aus dem Haufen beliebiger Kollegen aus und gab mir einen Rang, der mich dazu berechtigte, mit besonderer Aufmerksamkeit von ihr empfangen zu werden. Trotzdem ließ sie mich im Stehen warten, während sie in ihre Sprechanlage sprach: »Herr Moderski ist jetzt da.« Als würde ich schon seit Langem erwartet. »Sie können reingehen.«

Großhans saß hinter seinem Schreibtisch. »Kommen Sie, kommen Sie!« Ungeduldig wies er auf den Stuhl vor seinem Schreibtisch. »Bitte!«

Gerl lehnte an der Fensterbank, offensichtlich entspannt und ganz mit sich zufrieden. Ich grüßte ihn, und er rang sich ein »Guten Morgen« ab.

»Sie können sich denken, warum Sie hier sind«, begann Großhans.

»Nein.« Ich schüttelte den Kopf.

Das war anscheinend die falsche Antwort, Großhans wurde lauter: »Sie sind noch nicht mal eine Woche hier auf der Dienststelle, und schon haben Sie eine Affäre mit einer labilen Mitarbeiterin, sind respektlos zu den Kollegen und haben drei Männer krankenhausreif geschlagen.«

»Entschuldigen Sie, Herr Großhans, wenn das das Thema ist, was macht dann Kollege Gerl hier?«

»Ich bin als Vertreter des Personalrates hier«, antwortete Gerl seelenruhig.

»Und als Zeuge, denn dies ist eine offizielle Rüge.« Großhans wurde noch lauter. »Ihr Vorgehen in der Sokolowsky-Villa ist nicht tragbar, es ist ein klarer Verstoß gegen die Dienstvorschrift, nach der niemand in so einem Fall allein handeln soll. Sie hätten das Eintreffen der Kollegen abwarten müssen, dann wäre die Situation nicht so eskaliert.«

»Die Situation war vor meinem Eingreifen schon eskaliert. Da wurde eine junge Frau vergewaltigt.«

»Mann, Moderski, Sie haben doch schon ein Verfahren wegen unangemessener Gewaltanwendung am Hals.«

»Erstens ist das meine Sache, und zweitens bin ich freigesprochen worden. Selbstverteidigung lautete das Urteil des Richters.«

Das war ein hartes Stück Arbeit für meine Anwälte gewesen, und hatte mich eine Stange Geld gekostet. Das Problem war nicht allein, dass ich sechs Leute erschossen hatte, die mich und meine Kinder töten wollten, sondern die Presse, die mich als »Amok-Polizisten« bezeichnete. Außerdem hatte mich meine Vergangenheit eingeholt, irgendein Journalist hatte herausgekramt, dass ich beim ersten psychologischen Einstellungstest wegen zu hoher Gewaltbereitschaft durchgefallen war.

»Das ist nicht nur Ihre Sache.« Jetzt brüllte Großhans. »Es ist auch meine Sache, wenn Sie hier den wilden Mann spielen. Hauptkommissar Gerl hat mir Unterlagen zur Verfügung gestellt, die zeigen, dass Sie jahrelang an illegalen Prügeleien teilgenommen haben.«

Aha, Gerl hatte recherchiert. Da musste er sich ganz schön

angestrengt haben, denn viel war aus der Zeit nicht mehr zu finden, weil das alles noch vor dem Internet war, und zum Teil in Brasilien stattgefunden hatte. Ich hatte schon als Schüler begonnen, an Faustkämpfen fast ohne Regeln teilzunehmen, und nachdem ich mir einen Namen gemacht hatte, später mein Studium damit finanziert. Aber es ging nie ums Geld. Wer so kämpft – wird von etwas getrieben.

Vale tudo bedeutet »alles geht«. Heute nennt man diese Art zu kämpfen Mixed Martial Arts, aber da sind ein paar Regeln dazugekommen. Wir haben noch ohne Handschuhe geboxt, mit Kopfstößen und Ellbogen. Es war richtig hart, und oft endete so ein Kampf in einer Mischung aus Ringen und Boxen am Boden, obwohl ich das möglichst vermied. Wer auf den Boden musste, war vorher nicht schnell genug.

Großhans schrie immer noch: »Und jetzt machen Sie damit in meiner Abteilung weiter. Das ist auf jeden Fall meine Sache!« Er atmete einmal tief durch, seine Stimme wurde ruhiger und eindringlicher. »Die Staatsanwaltschaft kann noch immer Berufung gegen Ihr Urteil einlegen, und die Aktion von gestern Abend könnte der Eimer sein – von Tropfen kann man ja schon nicht mehr reden –, der das Fass zum Überlaufen bringt.«

Da hatte er leider nicht ganz unrecht. »Was hätte ich denn tun sollen?«

Von der Seite mischte sich Gerl erneut ein. »Sie hätten sich an die Dienstvorschrift halten müssen, anstatt den Helden zu spielen.«

»Fragen Sie Stina Nereni, was sie von solchen Dienstvorschriften hält. Falls Sie den Bericht nicht gelesen haben, das ist die Zweiundzwanzigjährige, die jetzt mit einem Darmriss und zerschlagenem Gesicht im Krankenhaus liegt.«

»Meine Herren«, ging Großhans dazwischen. »Hauptkommissar Moderski, obwohl ich, insbesondere im Sinne der Opfer, Ihr Vorgehen für eine, offenbar erfolgreiche, Möglichkeit halte, weise ich Sie hiermit offiziell und vor dem Zeugen

Gerl an, keine Alleingänge mehr zu machen. Und keinerlei Gewaltanwendung, dafür ist das Sondereinsatzkommando bei uns zuständig. Haben wir uns verstanden? Sie werden ab sofort im Team arbeiten.«

»Mit wem?«

Er dachte doch nicht etwa an meine beiden werten Kollegen ...

»Hauptkommissar Gerl und Kommissar Oppermann.«

»Nein.« Ich ließ das Nein ein bisschen wirken, bevor ich hinterherschob: »Hauptkommissarin Hammerschmitt und ich sind im Dienst Partner.«

»Frau Hammerschmitt macht auf eigenen Wunsch nur Innendienst«, sagte Gerl.

»Ich glaube, das hat sich geändert. Sie war die Erste, die mir zu Hilfe kam. Fragen Sie sie«, wandte ich mich an Großhans.

»Gut, das werde ich tun. Wenn sie zustimmt, bilden Sie und Hammerschmitt ein Team. Nur beruflich, wenn ich bitten darf.«

»Dürfen Sie nicht.«

Großhans überhörte das. »Und keine Alleingänge mehr!«

Gerl passte die Entwicklung des Gesprächs offenbar nicht, er schob sich zwischen Großhans und mich. »Kollege Moderski, denken Sie nicht, Sie wären hier eine große Nummer, nur weil Sie drei Jahre verdeckt ermittelt und anscheinend schon Dinge gesehen haben, die wir hier ›nur aus dem Fernsehen‹ kennen. Wir wissen auch, wie der Job geht. Nicht nur Sie sind schnell mit Ihrem Fall fertig, ich habe den Toten im Wald auch schon abgeschlossen.« Er deutete auf eine Akte, die auf dem Schreibtisch des Chefs lag. Er verschränkte demonstrativ die Arme und sah mich herausfordernd an.

»Na«, antwortete ich und zog die zerknitterte Kopie hervor, die mir Lydia Sokolowsky gegeben hatte, »dann machen Sie die mal gleich wieder auf.«

Ich klatschte die Kopie auf die Akte vor Großhans' Nase.

Die beiden starrten mich überrascht an, der eine wirklich nachdenklich, der andere sehr wütend.

»Was soll das?«, platzte Gerl heraus.

»Das ist die Frau, nach der der Tote gesucht hat. Wegen ihr war er hier. Er sprach nur schlechtes Englisch und hat sich doch bis zu Lydia Sokolowsky durchgefragt, weil er fürchtete, die Frau werde zur Prostitution gezwungen. Und Sie haben nichts davon mitbekommen. Bei dem Fall ist was faul. Mit Sicherheit geht es hier um mehr als einen erfrorenen Obdachlosen.«

»Das sind bloße Spekulationen. Auf die Tour wollte der Penner sich nur einen Freifahrtschein im Puff besorgen«, ereiferte Gerl sich.

»Können Sie Ihre Behauptung beweisen?«, fragte Großhans und sah mich interessiert an.

»Bis jetzt habe ich nur diese Kopie und die Aussage von Frau Sokolowsky, aber wenn Sie mich lassen, liefere ich Ihnen Beweise.«

Großhans sah mehrmals zwischen Gerl und mir hin und her, schließlich wandte er sich an mich. »Gut, Sie arbeiten mit Frau Hammerschmitt zusammen, wenn sie zustimmt. Bringen Sie mir mehr, dann sehen wir weiter.«

Gerl kochte vor Wut. Er stapfte durch das Büro zum Fenster, warf einen flüchtigen Blick hinaus, als suche er dort nach Argumenten, drehte sich dann ruckartig zu mir herum und starrte mich über seinen drohend erhobenen Zeigefinger an: »Sie ...« Ihm wollte die Fortsetzung des Satzes nicht einfallen. Er bebte am ganzen Körper und schüttelte dabei seinen Finger vor meinem Gesicht, als sei der der Seismograf seiner Entrüstung. Er ging und schlug die Tür zu.

Ich verabschiedete mich von Großhans. »Danke. Wir bringen Ihnen mehr. Sicher.«

Christine Müller deutete hinter Gerl her, der gerade durch ihr Büro gerauscht war: »Ist anscheinend nicht so gelaufen, wie er sich das vorgestellt hatte?«

»Nein«, antwortete ich. »Seine Vorstellungskraft war dafür wohl zu begrenzt.«

Noch auf dem Flur rief ich den Kollegen in der KT an.
»Ich habe mir die Sachen nach Ihrer Anfrage noch mal angesehen. Es sah alles so echt aus, Schmutz, Verwitterungszustand. Aber Sie haben recht, da hätten noch andere Spuren sein müssen. Ich denke, die Dosen und die Flaschen wurden abgewischt. Könnte natürlich auch sein, dass das der Tote selbst gemacht hat.«
»Und haben Sie sich um das Thema Scheißhaufen gekümmert?«
»Nein, da müssten wir noch mal extra mit Hunden rausfahren.« Er hörte sich nicht begeistert an.
Mir kam ein anderer Gedanke. »Vielleicht können wir das vermeiden. Haben Sie am Tatort Brot oder wenigstens Brotkrümel gefunden?«
Die Antwort kam spontan. »Nein, definitiv nein.«
»Wie sieht's mit dem Mageninhalt aus, war da Brot dabei?«
»Nach meiner Kenntnis nicht, aber das weiß der Forensiker besser.«
»Noch eine letzte Frage: Wenn Sie sich von Hundefutter ernähren, weil Sie sich nichts anderes leisten können, würden Sie dann nicht wenigstens Brot dazu essen, zumal die Bäcker altes Brot teilweise verschenken?«
Ich hörte das Fragezeichen im Schweigen des Technikers. »Ich würde nur das Brot essen«, sagte er schließlich.
Er gab mir noch zwei Adressen, wo das sichergestellte Hundefutter in der Gegend verkauft wurde.
Ich rief den Rechtsmediziner an, der bestätigte, dass der Tote zuletzt kein Brot gegessen hatte. »Er war auch kein Alkoholiker, aber das steht ja auch in meinem Bericht. Die Leber war völlig in Ordnung, und auch sonst waren seine Organe in hervorragendem Zustand. Ich würde sagen, der Mann hat vorher nie Alkohol in nennenswerten Mengen getrunken,

fleischarme Ernährung, wenig Fett, viel Gemüse und Ballaststoffe, eben nicht wie ein Mitteleuropäer. Ich würde auf Vorderasien tippen, Moslem vielleicht, also kein Schweinefleisch, kein Alkohol.«

Das waren jetzt also die Fragen: Was machte ein Moslem aus Vorderasien im Schwarzwald? Warum hatte ihn fast niemand gesehen? Wo kam er her, und wieso hatte er plötzlich mit dem Trinken angefangen? Immerhin hatte er über zwei Promille intus.

Ich ging ins Büro. Gerl und Oppermann saßen an ihren Tischen und reichten sich gerade eine Autozeitschrift mit den neuen Cabrios des Frühjahres hin und her. Gerl würdigte mich keines Blickes, Oppermann versuchte, freundlich zu schauen. Nadija arbeitete konzentriert an ihrem Computer.

»Hi, gehst du mit essen?«

Sie sah nicht auf. »Bin gerade erst gekommen.«

»Ich würde gern mit dir reden.«

Sie schnaufte. Ich wusste nicht, ob sie versuchte, sich zu beruhigen, oder erst mal richtig Anlauf nahm für einen Angriff. Als sie sich mir langsam zuwandte, überkam mich das Gefühl, das man hat, wenn einem mitten auf einer Bullenweide einfällt, dass man eine rote Jacke trägt.

»Du möchtest mit mir reden?«, fragte sie sarkastisch. *»Wir müssen reden!«* Sie betonte dabei jedes einzelne Wort. »Komm!« Sie stapfte hinaus.

Ich beeilte mich ihr zu folgen. Aus Gerls Ecke begleitete mich ein hämisches: »Oh, oh …!«

Kaum hatte ich die Tür geschlossen, stürzte sich Nadija auf mich. »Wie kommst du dazu, dich so in mein Leben einzumischen? Weißt du eigentlich, wie lange ich gebraucht –«

Am Ende des Flurs waren Leute, die auf uns aufmerksam geworden waren und jetzt zu uns herübergafften. Ich unterbrach Nadija: »Komm, lass uns nach draußen gehen, wir gehen ein Stück spazieren.« Mit sanfter Gewalt führte ich sie auf den Ausgang zu.

»Ich will nicht spazieren!« Mit einem Blick auf die Gaffer ließ sie sich aber doch mitziehen.

Wir gingen schweigend hundertfünfzig Meter stadtauswärts und dann einen Weg entlang, der aussah, als würde er auf einen Hinterhof führen. Aber schon nach wenigen Metern waren wir an den Hinterhöfen vorbei, und der Weg stieg steil an, Richtung Wald. Nach dem unfreundlichen, nasskalten Wetter der letzten Tage war es inzwischen erstaunlich mild. Weiße Wolken zogen über einen klaren blauen Himmel, die Sonne malte, wo sie durch die kahlen Bäume schien, klein gesprenkelte Lichtflecken auf die Erde. Der erwärmte Boden verströmte einen würzigen, fast tabakartigen Duft nach altem Laub und verwitterndem Holz.

Als wir unter den ersten Bäumen waren, stellte sich Nadija mir in den Weg. Sie hatte sich etwas beruhigt, aber ihre Augen funkelten immer noch voller Zorn. Ein Stich ging mir durch das Herz, ich fand sie wunderbar, so kraftvoll und lebendig und schön. Am liebsten hätte ich sie in den Arm genommen und ihren Zorn und den Kummer, der dahinter war, weggeküsst.

»Weißt du eigentlich, was du mir antust? Weißt du, wie lange ich dafür gekämpft habe, im K11 zu arbeiten und trotzdem pünktlich um halb fünf Feierabend machen zu können?«

»Ich –«

Sie fuhr mir wütend über den Mund: »Und dann kommst du daher, und in nicht mal einer Woche wirfst du alles über den Haufen. Weißt du, wie viel Kraft es kostet, als alleinerziehende Mutter den Alltag zu organisieren und mit jedem Problem allein fertigzuwerden?«

Ich wusste, dass sie recht hatte. Ich kam dahergerannt, sprang um sie herum wie ein junger Hengst, forderte sie auf, mit mir zu laufen, und hatte ganz ignoriert, dass sie einen schweren Karren ziehen musste. Ich sagte: »Es tut mir leid«, aber sie redete einfach weiter, nicht mehr voller Zorn, sondern traurig, fast bitter.

»Wie kommst du dazu, mich zu deinem Partner zu machen und dem Chef zu erklären, dass ich nicht mehr nur Innendienst machen will? Einfach über meinen Kopf hinweg!«

Ich flüsterte: »Es tut mir leid« – und ließ sie reden. Ja, wie kam ich dazu? Ich sagte mir, weil sie eine tolle Frau ist. Was ich an dem Abend beim Kampfsport gesehen hatte, war so viel mehr, so anders als das, was sie im Büro war. Sie musste einfach … Aber das war alles Quatsch. Ich wollte die Verbrecher kriegen. Alles andere, wirklich alles andere, war zweitrangig. Ich wusste, dass ich in der Beziehung ein egoistisches Arschloch war. So hatte ich meine Ehe ruiniert. Ich fühlte mich scheiße.

»… weißt du, David ist nicht dumm«, sagte sie gerade. »Er ist nur anders. Er hat oft so tolle Ideen, so eine Lebensklugheit, die man bei einem Kind gar nicht erwartet. Wieso muss er rechnen können, wenn er weiß, wie die Menschen sich fühlen? Wie viele Mathematiker haben keine Ahnung von den Menschen, aber jeder hält sie trotzdem für klug? David ist nicht lernbehindert oder entwicklungsverzögert, die Gesellschaft ist einfach nur falsch, unsere ganze Welt ist krank, wenn sie solche Menschen nicht akzeptiert.« Sie wurde sanfter. »Ich liebe ihn, er braucht mich, ich würde alles für ihn tun …«

Ich nahm sie in die Arme, sie ließ es geschehen.

»Aber du wirst unglücklich dabei. Wenn du dich David zuliebe zu einer besseren Sekretärin degradieren lässt, hat er auch nichts davon. Dafür bist du nicht gemacht, deshalb bist du nicht zur Polizei gegangen. Und du weißt, dass er deinen Kummer und deine Bitterkeit spürt.« Fünf Herzschläge lang bebte Nadija in meinen Armen.

»Das macht es umso schlimmer.«

»Ich will, dass du aus deiner Ecke rauskommst, in der du dich eingeigelt hast. Du bist stark und klug. Ich bin überzeugt, dass du eine gute Polizistin bist. Für David werden wir eine Lösung finden, ich helfe dir.«

»Du hast leicht reden. Du bist gerade mal eine Woche da, und irgendwann gehst du einfach wieder, doch ich muss dann immer noch klarkommen.«

Da hatte sie recht, und egal was ich jetzt sagte, es würde nichts daran ändern. »Das wirst du, ich verspreche es dir. Okay?« Ich hatte keine Ahnung, was ich tun musste, um dieses Versprechen halten zu können, aber ich wollte es wirklich.

Sie löste sich ein wenig aus meinen Armen und sah zu mir auf. Sie prüfte mich mit einem Blick, der in mein Inneres drang. Für einen bangen Moment fürchtete ich, sie könnte mich für zu leicht befinden, aber dann entspannte sie sich, sah zur Seite, damit ich ihre Tränen nicht sah, und meinte: »Okay, lass es uns versuchen. Wir sind ein Team, und du hilfst mir mit David.« Sie löste sich ganz von mir. »Und keine privaten Gefühle. Das packe ich nicht, Partner im Beruf und mehr als Freundschaft. Das ist zu neu, und es kann jederzeit enden.«

Ich wollte protestieren, aber Sie hielt mir den Mund zu.

»Entweder – oder! Ich will mich von dir nicht komplett vereinnahmen lassen.«

Da hatte ich mich in eine Sackgasse manövriert. »Okay, erst der Job und David, und dann sehen wir weiter.«

Nadija zog die Augenbraun hoch. »Mach dir keine Hoffnungen.«

Vielleicht war es besser so. Ich dachte an meine Frau und die Kinder und sagte: »Dito.«

Der Vormittag war vorbei, und wir hatten einen Vernehmungstermin mit den Schlägern vergessen. Die Vollzugsbeamten waren nicht gerade begeistert, als wir mit eineinhalb Stunden Verspätung erschienen.

Die beiden ersten Männer waren ganz kooperativ, sie waren für den Job angeheuert worden. »'n bisschen Druck machen.« Womit man alles sein Geld verdienen konnte … Sie waren vorbestraft und arbeiteten normalerweise als Sicherheitskräfte in einem Club im Rhein-Main-Gebiet. Den Rest konnte der Staatsanwalt machen.

Den Boxer wollte ich mir am Montag vornehmen, und der Geschniegelte war zur Operation nach Tübingen verlegt worden. Nadijas Kugel hatte seine beiden Arme durchschlagen.

Auf Gerl hatten wir keine Lust, deshalb gingen wir ins »Kult Café« in der Hauptstraße. Bis zwei gab es da Mittagstisch, gerade noch rechtzeitig. Wir wählten Tapasplatte mit Miniburger. Die Büroangestellten aus der Umgebung waren schon wieder bei der Arbeit, und nur ganz vorn am Fenster saßen zwei Frauen, die vom Einkaufen müde waren. Während wir auf das Essen warteten, begann Nadija, ihre eigene Vernehmung von Stina Nereni in meinen Laptop zu übertragen. Ich war ihr dafür dankbar, da meine Hände noch immer schmerzten.

Beim Essen fragte ich: »Was hältst du von Stina Nereni, packt sie das?«

»Ich glaube, sie ist ziemlich tough. Und sie war froh, dass du die Jungs erwischt hast. Das merke ich auch bei häuslicher Gewalt immer wieder, das Schlimmste ist, wenn dem Täter nichts passiert. Rache und Sühne sind gute Heilmittel.«

Nadija biss kräftig von ihrem Burger ab und musste dann ordentlich schlucken, um eine Frage loszuwerden, die sie als Kampfsportlerin brennend interessierte. »Wo hast du so zu kämpfen gelernt? Die beiden waren echt schwere Jungs, und der unten soll schon mal um die deutsche Meisterschaft geboxt haben.«

Ich schluckte meinerseits an meinem Burger, ließ mir aber etwas Zeit mit der Antwort. »Vale tudo. Schon mal davon gehört?«

Nadija schüttelte den Kopf.

»Boxen ohne Regeln. Keine Punktewertung, die Kämpfer entscheiden den Kampf.«

»Wie Bar Knuckle oder Mixed Martial Arts?«

»Bei MMA gibt es eine Punktewertung und einen Ringrichter.«

»Das ist doch voll hart. Warum hast du das gemacht?« Nadijas Haltung bestand aus ein bisschen Abgestoßensein, ein bisschen Bewunderung und viel Unverständnis.

Ich hatte mir diese Frage jahrelang immer wieder selbst gestellt und viele Antworten gefunden. Eine davon war einfach: Es war in mir – ich wollte kämpfen. Zu Nadija sagte ich: »Weißt du, auf der Straße herrscht das Gesetz des Stärkeren, eigentlich funktioniert die ganze Welt so. Der Stärkere unterdrückt und beutet aus. Ich finde, es sollte anders sein, die Starken sollten den Schwachen helfen. Nur wer helfen kann, ist wirklich stark. Ich habe gekämpft, um stark zu werden, und ich bin zur Polizei gegangen, um zu helfen. Alle Gewalt geht vom Volke aus, und wenn ich als Polizist irgendwo reinkomme – bin ich sein Vertreter.«

Nadija sah mich mit großen Augen an, spießte meine letzte Olive auf ihre Gabel und steckte sie auf eine Art in den Mund, die mich für einen Moment darüber nachdenken ließ, was es für Vorzüge haben würde, im nächsten Leben als Olive auf Nadijas Teller wiedergeboren zu werden.

Sie lachte und sagte: »Dann können wir in Zukunft 'ne ruhige Kugel schieben. Da traut sich doch kein Gangster mehr in die Stadt.«

Ich lachte mit, und die Welt war schön.

Wir genehmigten uns noch einen Cortado, und ich ließ Nadija an meinen Gedanken zum Toten im Wald teilhaben. »Es sieht so aus, als wäre der Tote kein hiesiger Obdachloser. Der Gerichtsmediziner tippt auf Vorderasien und Moslem.«

Ohne von der restlichen Schreibarbeit aufzusehen, sagte sie: »Nur nach dem Zustand seiner Organe? Ziemlich weit hergeholt.«

»Stimmt, aber wir haben nicht mehr. Wenn wir Großhans nichts liefern, bleibt die Akte geschlossen.«

Jetzt sah sie auf. »Und warum sollte sie das nicht?«

»Nur mal angenommen: Wenn er kein Obdachloser war, wieso sollte er dann im Wald erfrieren?«

»Auch andere Leute können erfrieren.«

»Ja, aber wenn du nicht sturzbetrunken und hilflos bist, passiert das nicht so leicht.«

»Er war aber sturzbetrunken, zwei Komma so viel Promille.«

»Wurde ihm eingeflößt, genau wie das Hundefutter.«

»Ja, genau. Was soll das mit dem Hundefutter?«

»Erniedrigung, Spaß am Quälen? Wenn er Moslem war, darf er kein Schweinefleisch essen, und Hunde sind unrein. Genauso der Alkohol. Es sollte ihn demütigen und den Eindruck hervorrufen, dass er ein Penner ist.«

»Du meinst, wenn er kein einfacher Obdachloser war, wurde er ermordet.«

»Ja! Ich denke, da draußen läuft ein Mörder rum, und es ist unsere Aufgabe, ihn zu finden. Doch viel wichtiger ist, warum er ermordet wurde und was mit der Frau ist, nach der er gesucht hat.«

»Okay, wenn wir beweisen können, dass er kein Obdachloser war, wird der Tote im Wald ein Mordfall.«

»Exakt, und wir müssen Gas geben, wenn wir der Frau noch helfen wollen. Mit jedem Tag wird die Chance, sie zu finden, kleiner. Wenn sie überhaupt noch lebt.«

»Du hast nur diese Kopie, das kann wer weiß was bedeuten.«

»Es bedeutet, dass jemand Hilfe braucht und dass hier eine Schweinerei läuft, für die sogar getötet wird.«

Nadija nickte. »Lass uns rauskriegen, wer er war.«

Ich stellte die Fragen, und wir wogen die Antworten gemeinsam ab.

Hatte er schon in Deutschland gelebt? Vermutlich nicht. Das war aber nur auf die Angaben der Forensik gestützt und dass der Tote keinem Vermissten zugeordnet werden beziehungsweise keine Meldeadresse oder sonst irgendeine Herkunft ermittelt werden konnte.

Woher kam er? Europäisches Ausland? Möglich, fünfzig zu fünfzig. Wenn ja, Anfrage an alle Polizeibehörden der Nachbarländer und an Europol. Die Chance, noch in diesem Jahr eine brauchbare Antwort zu bekommen?

»Vergiss es! Wir haben ja nicht mal eine offizielle Ermittlung«, stöhnte Nadija.

Wie lange war er überhaupt schon da? Da war es das Beste, wenn wir mit dem rekonstruierten Bild des Opfers auf die Straße gingen. Angefangen bei Frau Sokolowsky bis zur regionalen Presse.

Und wie kam er hierher? Wenn er aus dem außereuropäischen Ausland kam, war er vermutlich geflogen, Landweg und Schiff eher nicht, das dauerte zu lange. Also London, Amsterdam, Frankfurt oder ein anderer internationaler Flughafen.

Wir mussten uns wohl oder übel auf Frankfurt, den größten internationalen Flughafen Deutschlands, konzentrieren. Mit der nötigen Gesichtserkennungssoftware hatten wir eine gute Chance, ihn auf den Überwachungsvideos der letzten zwei Wochen zu finden, wenn er dort eingereist war.

»Ich schätze fünf bis zehn Prozent Wahrscheinlichkeit, dass wir seiner Identität näherkommen«, sagte Nadija. »Besser als nichts. Ich kenne da jemanden in Frankfurt, aber vielleicht sollten wir erst hier weitermachen und den Zeitraum der möglichen Einreise eingrenzen.«

»Nein, die Daten werden nicht ewig gespeichert, je länger wir warten, desto weniger können wir zurückgehen. Wir müssen so schnell wie möglich –«

»Gut, dann fahre ich morgen nach Frankfurt.«

Ich war überrascht. »Was ist mit David?«

»Ich frag Bea, meine Nachbarin, da geht er gern hin. Oder ich nehme ihn mit.«

Ich wäre mitgefahren, aber ich hatte Samstag den ersten Termin für ein Treffen mit meinen Kindern in Stuttgart. Nadija versprach, sich sofort zu melden, falls sich etwas tat, ansonsten würden wir am Montag weitermachen.

Ich war erfreut und erstaunt, wie schnell Nadija sich von ihrem Schreibtischjob gelöst hatte. Ihr Ehrgeiz als Ermittlerin hatte sie gepackt. Da war eine offene Frage – sie wollte die Lösung finden. Sie strahlte etwas Neues aus, als wir uns ins Wochenende verabschiedeten. Selbstsicherheit hatte die Zurückhaltung abgelöst und Vorfreude die Bitterkeit verdrängt.

Es war Freitag kurz vor sechzehn Uhr, Nadija musste David von der Schule abholen. Auf mich wartete nur ein ödes Hotelzimmer und Langeweile. Genauso gut konnte ich langweilige Ermittlungsarbeit machen. Ich fuhr mit dem Bus zu den beiden Läden, wo das Hundefutter verkauft wurde. Unterwegs zeigte ich den Busfahrern und wahllos Passanten das Bild des Toten von meinem Smartphone. Niemand erkannte ihn, auch nicht die Verkäufer in den Hundefutterläden. Wie gesagt: langweilige Ermittlungsarbeit. Ich sah noch an den einschlägigen Treffpunkten der Obdachlosen und Säufer, in der Nähe vom Bahnhof und im Supermarkt, nach.

»Klar, der war hier«, tönte einer.

Es kostete mich einen Zehner und eine ordentliche Portion Geduld, bis ich in Erfahrung gebracht hatte, dass der Tote vor circa zwei Wochen in Friederichsburg aufgetaucht war. Er hatte das Bild der jungen Frau herumgezeigt und sich nach einem Bordell erkundigt.

Unsere Chance, seine Spur in Frankfurt zu finden, war somit leicht gestiegen. Er war vorsichtig gewesen und hatte sich unauffällig verhalten, hatte also mit Gefahr gerechnet. Wenn er in Friederichsburg kein Hundefutter gekauft hatte, wer dann? Und wer hatte es ihm verabreicht? Ich musste nochmals zu den Hundefutterläden und nach der Videoüberwachung schauen. Aber da war jetzt schon Feierabend, das musste bis nächste Woche warten.

VIER

Ich nahm die S-Bahn nach Stuttgart und vom Bahnhof aus ein Taxi. Meine Schwiegereltern wohnten in einer vornehmen Straße, auf den Höhen über Stuttgart, Südhang, Blick über die Stadt. Auf der einen Straßenseite waren alte Villen zu Eigentumswohnungen umgebaut worden, vor den Häusern parkten Audis, BMW, Mercedes und der eine oder andere Porsche. Auf der gegenüberliegenden Straßenseite war fast jedes Haus mit einer Doppelgarage und einem parkähnlichen Garten mit hoher Hecke ausgestattet.

Ich klingelte an einer der Pforten. Wofür braucht man eine bronzene Tür in der Gartenhecke?

»Ja, bitte?«

Die dünne Stimme meiner Schwiegermutter klang durch die Sprechanlage noch kraftloser. Ich flötete so charmant wie möglich meinen Namen in das Gitter über dem Mikrofon. Statt einer Antwort summte die Schließanlage.

Mein Schwiegervater begrüßte mich: »Na, immer noch im Staatsdienst?«

Wobei ihm nicht anzumerken war, ob er das guthieß oder nicht. Ganz sicher wollte er damit sagen, dass ich zu wenig verdiente, was mich wurmte. Instinktiv fasste ich an die Stelle, wo mein Portemonnaie steckte und in ihm die Kreditkarte, die mir fast uneingeschränkte finanzielle Möglichkeiten gab – das tat gut. Ich lächelte ihn unverschämt fröhlich an.

»Wie geht es den Kindern?«, fragte ich.

»Julian macht immer noch nachts ins Bett.« So leise die Stimme meiner Schwiegermutter auch war, es schwang immer irgendwie ein Vorwurf mit.

»Und Julia?«

»Ist unten.«

»Kann ich sie sehen?«

»Nein«, sagte meine Schwiegermutter bestimmt. »Sie will dich nicht sehen. Und es hat ganz sicher auch keinen Sinn mehr.«

»Sie ist immer noch in diesem Sanatorium in Filderstadt«, ergänzte mein Schwiegervater. »Die Kinder besuchen sie zweimal in der Woche, und alle zwei Wochen darf sie heim.« Das sei das Beste für sie, bei ihren Angstzuständen.

Die Kinder hatten sich auf mich gefreut, waren aber zurückhaltend und gehemmt. Was macht man mit seinen Kindern, wenn man sie nach Monaten wiedersieht? Wir fuhren mit dem Bus in die Stadt, spazierten durch den Schlosspark und aßen später Pizza. Wir hörten verschiedenen Straßenmusikern zu, die gar nicht schlecht waren, und beobachteten einen Gaukler, der auf einem Einrad herumfuhr, dabei jonglierte und Witze machte. Das war das Beste. Sogar Julian lachte dabei, sonst war er schweigsam und antwortete nur einsilbig. Kai erzählte viel von der Schule und ihren neuen Freundinnen, ich hatte Mühe, dem Detailreichtum zu folgen. Am Ende schwirrten mir lauter Mädchennamen, Lieblings-Dies-und-Das, Facebook-Neuigkeiten und der Gedanke durch den Kopf, dass meine Tochter mit all den vielen Worten genauso geschwiegen hatte wie Julian.

Als wir uns an dem bronzenen Gartentor verabschiedeten, fragte Julian: »Warum hast du kein Auto?«

Ja, warum eigentlich nicht? Ich hatte eine Menge Scheiße gebaut in letzter Zeit. In zwei Monaten würde ich meinen Führerschein wiederbekommen, dann hätte ich vielleicht wieder ein Auto. So lange würde ich für Julian offenbar ein Loser bleiben. Mindestens so lange.

»Ich kauf mir eins, wenn ich den Führerschein wiederhabe. Was meinst du, was für eins hättest du denn gern?« Wäre schön, wenn ich ihm – mit dem richtigen Auto – eine Freude machen könnte.

Julian zuckte mit den Schultern und sagte im Weggehen: »Ist mir egal, ist ja dein Auto.«

Nicht mehr unseres, ergänzte ich im Geist.

Kai sagte: »Mach dir keine Mühe. Opa hat zwei Mercedes und einen alten Jaguar.«

Sie sagte es so, als hätte sie Mitleid mit mir armem Polizisten. Aber vielleicht ging es ihr auch gar nicht ums Geld.

Um siebzehn Uhr zwölf saß ich wieder in der S-Bahn nach Friederichsburg. Mein Handy klingelte. Nadija war in Frankfurt noch nicht fertig, sie fragte, ob ich mich um David kümmern könnte, Bea wolle am Abend zu einer Feier. Ich hatte sowieso keine Lust, den Samstagabend auf meinem Hotelzimmer zu verbringen, außerdem wollte ich mein Versprechen halten.

»Klar, gern«, antwortete ich und berichtete ihr noch von den Aussagen der Obdachlosen.

Nadija war zuversichtlich. »Wenn er über Frankfurt gekommen ist, finde ich ihn.«

Die Viertelstunde vom Bahnhof zu Nadijas Wohnung ging ich zu Fuß.

Bea hatte schon Mantel und Schuhe an, rief mir über die Schulter zu: »Er muss noch Mathe üben.«

David saß am Küchentisch, sah mich an und schwieg.

Erst mal was essen.

»Pizza?«

David nickte.

Der Pizzaservice brauchte eine halbe Stunde, in der David mich nur ansah. Ich versuchte dreimal, ein Gespräch anzufangen, aber er antwortete nicht. Eine halbe Stunde kann ganz schön lang sein, ich war richtig froh, als der Bote klingelte. David nahm meine Pizza, weil er die, die ich für ihn bestellt hatte, nicht mochte. Ich hatte nicht gefragt, jetzt aß ich Pizza Margherita.

Nach dem Essen fragte ich: »Mathe oder Fernsehen?«

Zu meinem Erstaunen antwortete er, wenn auch ziemlich resigniert: »Mathe.«

Später erfuhr ich, dass er erst nach dem Lernen fernsehen durfte. Ich setzte mich an den Küchentisch neben ihn. »Was machst du?«

»Hausaufgaben.«

Er schrieb: »Seite 42 Aufgabe 2a)«, dann folgten drei Päckchen mit jeweils vier Additionsaufgaben mit dreistelligen Zahlen.

Er brauchte mehr als zwanzig Minuten, um die Aufgaben aus dem Buch abzuschreiben beziehungsweise nachzumalen, denn es sah so aus, als würde er tatsächlich jedes Detail zum ersten Mal sehen und einzeln übertragen.

Dann begann ein Drama, in dessen Verlauf sich Davids Selbstwertgefühl Stück für Stück auflöste. Er rechnete mit den Fingern, rutschte auf dem Stuhl hin und her, als würden ihn Flöhe jucken. Er hatte ein Problem, für das er keine Lösung fand. David kritzelte auf einem Schmierblatt, wobei ich kaum Zahlen erkennen konnte, geschweige denn einen Zusammenhang mit den Aufgaben. Er holte sich die fünf Äpfel aus der Obstschale, schob sie hin und her und schrieb endlich eine seltsam zittrige Zahl auf, deren Herkunft mir völlig schleierhaft blieb. Mir stand Schweiß auf der Stirn, ich sah das tiefe Dunkel einer Röhre, an ihrem Ende lag die Lösung, und ich konnte nicht hinein.

Bei der nächsten Aufgabe begann das Drama von Neuem. Tiefe Dunkelheit umhüllte mich, nur Zahlen, die keinen Sinn ergaben.

Nach der dritten Aufgabe wischte ich die Bilder beiseite und zog das Heft zu mir herüber. »Zeig mal.« Ich blätterte darin zurück. Seite für Seite zittrige Lösungen, wirre zusammenhanglose Zahlen. Dann immer wieder richtige Ergebnisse, teilweise in Nadijas Schrift.

Je weiter ich zurückging, desto einfacher wurden die Aufgaben, bei den zweistelligen Zahlen fanden sich öfter richtige Lösungen von David, weniger Nadijas Schrift. Bei den einstelligen alles okay. Die Probleme fingen bei den Aufgaben an, wo eine zweistellige und eine einstellige Zahl addiert oder subtrahiert werden sollten. Er hatte Probleme mit der Abstraktion und dem Übergang zwischen den Zehnern und Hundertern.

»Genug geübt für heute, wir machen morgen weiter.«

David sah mich ungläubig an, schien aber einverstanden.

Bei der Show im Fernsehen schlief er ein. Ich schaltete auf einen Bruce-Willis-Film um und schlief auch ein.

Mein Handy weckte mich, es war halb zehn. »Hi, was macht ihr?«, fragte Nadija.

»David schläft. Wann kommst du? Bist du noch in Frankfurt?«

»Ja. Ich würde gern morgen weitermachen, kannst du über Nacht bei ihm bleiben?«

»Wie sieht's denn aus?«

»Wir haben mit einer Gesichtserkennungssoftware sämtliche Überwachungsvideos der Flughafensicherheit durchsucht. In dem erfassten Zeitraum gab es über zweieinhalb Millionen Fluggäste. Der Scan hat zweihundertzwölf Personen ausgefiltert, die unserem Toten ähnlich sehen.«

»Und wie macht ihr jetzt weiter?«

»Wir sehen uns jeden Einzelnen von den zweihundertzwölf genau an. Und wenn wir Pech haben, müssen wir einen Teil der zweieinhalb Millionen visuell durchgehen.«

»Was heißt Pech?«

»Na, wenn wir ihn bei den ausgefilterten nicht finden.«

»Das ist ja eine unglaubliche Arbeit. Hast du dort Unterstützung?«

»Ja, ich habe hier einen Bekannten, den kenn ich von früher von der Polizeischule, dann noch zwei Praktikanten, die mir helfen.«

»Suchst du dir ein Hotel?«

»Ich kann bei meinem Bekannten schlafen.«

Erst jetzt fiel mir auf, dass im Hintergrund Musik lief. »Okay, ich bleib hier und kümmere mich morgen auch noch um David.«

Wir beendeten das Gespräch mit ein paar belanglosen Worten, ich trug David in sein Bett und legte mich in das von Nadija. Ihr Geruch machte mir das Einschlafen schwer. Ich war sicher, sie war heute Nacht nicht allein.

Ich hatte schlecht geschlafen und deshalb schlechte Laune. Während ich hier den Babysitter machte, amüsierte sich Nadija in Frankfurt.

Nadijas Kaffee war aus und das Brot im Brotkasten alt.

Ich entschied, dass wir zu McDonald's zum Frühstücken gingen. Ein kleines bisschen weite Welt. Der Weg dahin war zu Fuß mühsamer, als ich gedacht hatte, und David schlurfte mit seinem Plüsch-Kuschel-VW-Käfer unterm Arm missmutig hinter mir her. Er sagte nichts, aber Nadija fehlte ihm. Wir mussten noch warten, bis geöffnet wurde, und dann waren andere vor mir an der einzigen Kasse. Als ich mit einem Tablett mit zwei Kaffees für mich und lauter vor Verzweiflung angehäuftem Essen an Davids Tisch kam, fragte er: »Wo ist Mama?«

Ich trank den ersten Kaffee und versuchte ihm zu erklären, was Nadija machte.

»Hat sie die ganze Nacht nach dem Mann gesucht?«

»Nein, sie wird auch irgendwo geschlafen haben.«

David zupfte an seinem Plüschauto. »Sie ist da aber ganz allein.«

Ich hätte einfach Ja sagen sollen. Stattdessen sagte ich: »Sie kennt da jemanden, der hilft ihr auch bei der Arbeit.«

Davids Mundwinkel zuckten, und zum ersten Mal an diesem Morgen sah er mir in die Augen. In seinem Blick war etwas Verletztes. Kindchenschema, dachte ich, bis David fragte: »Hast du meine Mama lieb?«

Boaah, jetzt aber. »Ich mag sie. Deine Mama ist eine tolle Frau.«

Er hatte gemerkt, dass ich ihm ausgewichen war. »Aber du passt auf mich auf, während sie …«

»… in Frankfurt ist.«

Er atmete einmal tief durch, legte seinen Käfer auf die Bank neben sich, streckte seine Arme lang auf dem Tisch zwischen uns aus und sah mich mit großen Augen an, als wolle er sagen: Ich weiß doch, was läuft. Und plötzlich waren wir so was wie Leidensgenossen, wir saßen in einem Boot. Nach drei tiefen Atemzügen nahm er seinen Bagel mit Ei und begann zu essen.

Nach dem Frühstück ging ich mit David in mein Hotel. Während ich meine Sachen packte, saß er in dem abgewetzten Sessel und studierte alles, die Wände mit der unmodernen verschossenen Tapete, die ausgefransten Stellen am Teppich, die schlaff hängenden Gardinen, die etwas schräg sitzende Steckdose.

»Ist gar nicht mal so schön hier«, war sein treffender und unaufgeregter Kommentar. Dann ließ er sich im Sessel zurückfallen und interessierte sich nur noch für seinen Kuschelkäfer. Ich zahlte das Hotel, und ein Taxi brachte uns zur Kranichstraße 8. Der Parkplatz war noch leer.

Lydia machte in Kittelschürze auf, sie war schon dabei, das Mittagessen zu kochen. »Komm rein. Na, wen hast du denn da mitgebracht?«

»David, den Sohn einer Kollegin.«

»Wollt ihr mitessen? Die Mädchen kommen gleich, wir essen alle zusammen. He, du hast ja einen Koffer dabei, willst du doch einziehen?«

»Wenn das Angebot noch steht.«

»Klar, klar!« Sie versuchte mit wedelnden Armen, auf die Tür zu zeigen. »Geht schon mal rein. Ich muss noch ein paar Kartoffeln schälen.«

Der Eingang zu den Zimmern war direkt unten an der Treppe. Über eine verwinkelte Kammer, die ein kleines Fenster zum Parkplatz hatte, erreichte ich den zweiten Raum, der groß und rechteckig war, mit vier großen Sprossenfenstern in Richtung Garten und einer Tür auf der gegenüberliegenden

Seite. Ich wusste, sie führte in Lydias Büro, wo die Schläger die Frauen festgehalten hatten. Ich drückte die Klinke hinunter, die Tür war verschlossen. Mein neues Zimmer war in verschiedenen, aufeinander abgestimmten Pastelltönen gestrichen. Ein großes Bett stand mittig auf der rechten Längsseite, sodass man vom Bett aus zu den Fenstern hinausblicken konnte. Es gab noch einen Lehnstuhl, einen altdeutsch gedrechselten Nachttisch und einen zweitürigen Bauernschrank mit Spiegeln, alles pastellfarben.

»Wie gefällt es dir?«, fragte ich David.

»Wie für Mädchen.«

»Stimmt. Aber besser als das Hotel.«

David nickte.

Als Lydia kam, brachte sie zwei Gläser Sekt mit. Wir einigten uns auf eine Miete, die man freundschaftlich nennen konnte, und stießen darauf an.

Beim Essen später ging es hoch her, die Mädchen waren guter Dinge und lachten viel. Sie versuchten immer wieder, den stillen David aus der Reserve zu locken. Obwohl er sich anfangs sichtlich unwohl fühlte, taute er doch langsam auf. Das Eis brach endgültig, als eine ihn fragte: »Was magst du lieber, Mädchen oder Fußball?«

»Autos!«

Alle lachten, und dann redeten sie nur noch über Autos mit ihm, aber keine hatte so viel Ahnung wie David. Die Mädchen waren echt begeistert darüber, wie er aufblühte und was er alles wusste.

»Ich will mal Automechaniker werden. Oder Rennfahrer!«, tönte David stolz. Es hörte sich an, als hätte er schon eine Rennlizenz in der Tasche.

»Du musst unbedingt wiederkommen, wenn Stina zurück ist«, sagte Lydia. »Mit der musst du dich mal unterhalten, Stina ist nämlich Automechatronikerin und will auch Rennfahrerin werden.«

David sah mich mit großen, leuchtenden Augen an.

»Klar. Ich wohn ja jetzt hier, und du kommst mich einfach besuchen.«

David strahlte. So froh und unbekümmert hatte ich ihn noch nie gesehen.

Auf dem Weg zur Bushaltestelle nahm David meine Hand. Es war Sonntagnachmittag, halb drei, der Bus kam, ein großer Gelenkbus. Er war so gut wie leer, außer dem Fahrer saßen noch zwei Fahrgäste drin plus David und ich.

»Wieso fährt um diese Zeit ein Bus für fünf-drei-hundert Leute?«, fragte David. Damit meinte er wohl »viele«.

Ich wusste es auch nicht, aber ich hatte eine Idee. »Geh mal durch den Bus und zähl die Sitze.«

»Darf ich bei der Fahrt durch den Bus laufen?«

»Bestimmt, aber halt dich gut fest.«

Nach einer Weile kam er wieder, er hatte achtundfünfzig gezählt.

»Jetzt stell dir vor, dass da überall Leute sitzen, und überlege mal, wie viele noch einsteigen müssen, damit es genau hundert sind, mit dem Fahrer.«

David sah sich im Bus um, ließ die Augen über alle imaginären Fahrgäste schweifen, dann schloss er die Augen und beobachtete die neuen Fahrgäste beim Zusteigen. Er beugte sich sogar vor, um die vorderen Türen besser sehen zu können. Er sah mich an. »Zweiundvierzig. Da ist eine Frau mit einem Kinderwagen. Zählt das Baby auch?«

»Natürlich, jeder Mensch zählt, auch ganz kleine.«

»Dann muss einer wieder aussteigen.«

Er schloss die Augen und begleitete im Geiste jemanden beim Aussteigen. »Jetzt sind es hundert.«

»Und, ist noch Platz?«

»Nein, ziemlich eng. Deshalb musste der eine ja aussteigen.«

Ich bat ihn, sich den Bus mit den hundert Menschen genau zu merken, und als wir ausstiegen, fragte ich: »Wie viele Menschen sind jetzt noch drin?«

»Drei ... neunzigacht.«

»Genau. Und wie kommen wir jetzt nach Hause?«

»Laufen?«

»Nein, wir nehmen jeder ein Motorrad.« Ich schwang mich auf eine imaginäre Rennmaschine. »Ich habe eine Kawasaki.«

Er machte es mir nach, »'ne Ducati«, und wir preschten mit lautem Röhren los.

Später saßen wir beim Matheüben, aber wir rechneten nicht mehr mit Hundertern, Zehnern und Einern, sondern mit Gelenkbussen, Kleinbussen und Motorrädern. Wenn zehn Motorräder zusammenkamen, stiegen die Fahrer in einen Kleinbus um, war ja praktischer, da musste nur einer fahren. Wenn zehn Kleinbusse zusammenkamen, stiegen alle in einen Gelenkbus um, damit es keinen Kleinbusstau gab.

»Und wenn zehn Gelenkbusse zusammenkommen?«, fragte David.

»Dann nehmen alle den Zug.«

Aus Davids Autosammlung suchten wir alle Motoräder und Kleinbusse zusammen, für den Rest und die Gelenkbusse suchte ich Bilder im Internet und druckte sie aus. Wir rechneten. »Bitte aussteigen. – Bitte alles einsteigen. – Ich brauch noch einen Gelenkbus. – Wo sind die Motorräder?« Und so weiter.

Es ging nicht immer auf Anhieb gut, aber nach einer Stunde hatte David alle Aufgaben selbstständig gelöst. Wir klatschten uns ab. Zufrieden steckte David seine Mathesachen in den Schulranzen.

Für den Rest des Tages hatten wir uns Fernsehen verdient. Aber kaum dass wir uns hingesetzt hatten, kam Bea, um mich abzulösen. Wir redeten noch ein wenig, über das Wetter, über David und ihre Feier gestern. Dann ging ich, allein, zu Fuß, bei trübem Wetter und grauer Dämmerung. Nadija fiel mir ein, Musik im Hintergrund. »Ich kenne hier jemanden, bei dem ich schlafen kann.« Oder »mit«, bohrte es in mir. Scheiß drauf, sie würde ihre Arbeit machen, so oder so. Partner im Job.

Ich hatte in meinem neuen Bett gut geschlafen. Beim Aufwachen vermisste ich den alten Rauchergeruch der Hotelgardinen – angenehm. Die Holzdielen in meinem Zimmer knarzten leise, als ich, noch im Schlafanzug, ein paar Dehnübungen machte. Danach aß ich mein Frühstück allein in Lydias Küche, mit einem großen Pott Milchkaffee. Im Haus war es noch ganz still. Ich nahm den Bus in die Stadt und war kurz nach halb acht im Büro. Während ich auf Nadija wartete, schrieb ich den Bericht zu den Aussagen der Damen aus der Kranichstraße, die ich am Wochenende quasi so nebenbei erhalten hatte. War vielleicht nicht das korrekte Vorgehen, aber warum sollte ich sie alle auf dem Revier noch mal antanzen lassen? Im Wesentlichen deckten sich die Aussagen mit der von Stina Nereni. Einerseits hatten die Männer »den Laden übernehmen« wollen, andererseits suchten sie offenbar nach einem Lieferanten für »Frischfleisch«, zur Prostitution bereite, oder besser gezwungene, junge Frauen.

Lydias Damen hatten viele, oft unschöne Gründe, sich zu prostituieren, aber keine wurde dazu gezwungen und ausgebeutet.

»Wenn man im Gewerbe rumkommt, trifft man überall auf Gewalt und Zwang, ob körperlich oder psychisch. Früher oder später kommen die Kerls und halten die Hand auf. Da kannste nix machen«, hatte eine gesagt, die ein wenig nach Hamburger Deern klang und sich Kristall nannte, vielleicht von Christel. Da sprach eine traurige Lebenserfahrung.

Kurz nacheinander kamen Gerl und Oppermann.

»Oh, schon bei der Arbeit?« Gerls Überraschung war echt, sein Sarkasmus auch.

Dann rauschte Nadija herein. Sie warf mir vernichtende Blicke zu, ich wusstc gar nicht, was ich verbrochen haben könnte. »Was ist los?«

Sie zerrte mich am Arm in die Ecke bei ihrem Schreibtisch und zischte leise, aber umso eindringlicher: »Du hast den Kleinen mit ins Bordell genommen. Da verlässt man sich einmal auf dich, und du … du verdirbst es total.«

»Wir haben bei Lydia zu Mittag gegessen, die Mädchen waren alle sehr nett«, flüsterte ich mit unschuldigem Unterton.

»Das will ich wohl glauben, zu Männern nett sein ist ja ihr Job. Aber nicht zu Kindern!«

»Jetzt beruhige dich erst mal. Die waren alle nicht im Dienst und ganz normal angezogen.«

Aus irgendeinem Grund beruhigte das Nadija gar nicht. »Und weil die alle so freundlich und normal sind, bist du gleich da eingezogen. Ist ja auch super, da sitzt du ja an der Quelle. Da braucht der Herr sich nicht mehr um die verdrehte Kollegin kümmern, sondern hat sein Frischfleisch direkt vor der Tür.«

»Jetzt komm mal von deinem hohen Ross runter. Ich bin da nicht wegen der Mädchen eingezogen. Ich hatte nur einfach keine Lust mehr, in dieser Scheiß-Abstellkammer von Hotel zu leben, während du dich auf meine Kosten in Frankfurt amüsierst. Oder willst du mir weismachen, dass du die ganze Nacht durchgearbeitet hast?«

Gerl klatschte Beifall. Wir hatten vor Aufregung wohl nicht leise genug gesprochen. »Super, super. Was einem hier alles geboten wird. Seit du da bist, ist es hier nicht mehr langweilig, Carl. Das ist ja besser als ›Berlin – Tag & Nacht‹.« Seine Stimme und sein Blick trieften vor Süffisanz.

Oppermann versuchte, ihn von uns wegzubewegen. »Komm, lass mal, das geht uns nichts an.«

Aber Gerl ließ sich nicht beirren. »Der eine Kollege zieht zu seinen Zeugen in den Puff ein, die andere macht auf Staatskosten in Frankfurt rum. Super, ich krieg mich nicht mehr.«

Ich wollte ihm schon eine passende Antwort geben, aber Nadija war schneller. Sie wirbelte zu Gerl herum. »Du hast mir gerade noch gefehlt. Halt bloß das Maul, du Pfeife.« Sie war auf ihn zugestapft und knallte ihm ein Blatt Papier auf die Brust: »Diren Bakthari – aus Afghanistan!« Als sie an mir vorbeistürmte, sagte sie: »So viel dazu, ob ich in Frankfurt gearbeitet habe oder nicht.« Dann schlug die Tür hinter ihr zu.

Ich ging zu Gerl und nahm ihm das Blatt ab. »Das ändert einiges, Kollege.«

»Der sieht ihm nicht ähnlich«, sagte Gerl matt.

Doch mir war auf den ersten Blick klar, dass das unser Toter aus dem Wald war. Ich drehte mich um, um hinter Nadija herzulaufen, doch Gerl hielt mich auf. »Die Frauen sind für heute vorgeladen, du musst noch ihre Aussagen aufnehmen.«

»Finger weg, Gerl!« Ich starrte ihn durchdringend an, bis er mich losließ. »Die kommen nicht mehr her, ich hab die Aussagen vor Ort aufgenommen und bin so gut wie fertig.« Damit ließ ich ihn stehen.

Ich fand Nadija gegenüber von Frau Müllers Büro an die Wand gelehnt. Sie empfing mich mit einem Blick, den Ehemänner kennen, wenn sie gelegentlich zu spät aus der Kneipe kommen. Dann sah sie sich die Spitzen ihrer Schuhe an.

Ich lehnte mich neben sie. »Gute Arbeit.«

Sie nickte zuerst nur. Erst nach einer Weile sagte sie: »Danke.« Und noch mal nach einer Weile: »War ein hartes Stück Arbeit.«

»Kann ich mir vorstellen.«

Sie sah mich prüfend an, ob es ironisch gemeint war. Ich sagte schnell: »Nein, wirklich, ich weiß, dass man sich bei so was die Augen aus dem Kopf glotzt.«

Sie blickte wieder auf den Boden. »Mein Kollege ist verheiratet, hat zwei Kinder. Seine Frau war mit den Kindern bei den Eltern.«

»Und ihr habt –«

»Ich bin nicht stolz drauf.«

»War's wenigstens schön?«

Sie sah mich an. In ihrem Blick konnte ich die Zweifel sehen, aber dann verschwanden die Gewissensbisse. »Ja.«

Okay, das tat weh. Vor ein paar Tagen hatten *wir* noch eine sehr schöne Zeit gehabt. Dass sie so schnell ... Scheißegal, das war ihr Ding. Irgendwie auch cool und emanzipiert, wenn sie diese Feste feierte, wie sie fielen. Vorausgesetzt, sie war nicht von einer verzweifelten Suche nach Liebe getrieben und das Opfer ihrer eigenen Sehnsüchte und aller Allzeitbereiten.

Ich atmete einmal tief durch, stellte mich vor sie und nahm ihre Hände. »Geht es dir gut?«

»Ja.« Sie sah mich an, und ich wusste, da kommt noch was. »Ich find's scheiße, dass du in das Bordell gezogen bist.«

»War eine Trotzreaktion, aber vielleicht wäre ich auch so da eingezogen, die Zimmer sind schön. Ich fühle mich wohl da.«

»Klar, mit so viel willigen Frauen.«

Ich hatte noch nie für Sex bezahlt, aber wenn ein Mann das beteuert, der in einem Freudenhaus wohnt, musste das irgendwie schlapp klingen. Ich sagte stattdessen: »Wir sollten uns nicht gegenseitig wehtun.«

»Nein, das will ich auch nicht.«

»Freiheit und Vertrauen – wir sind Partner.«

Sie drückte meine Hände. »Genau, Vertrauen – das ist der Anfang von allem.«

»Ja«, sagte ich und nahm sie in den Arm wie ein Freund. Sie erwiderte die Umarmung.

Den Vormittag verbrachten wir damit, uns eine »Motivationsrede« unseres Chefs anzuhören, unsere Strategie im Fall Bakthari – so nannten wir den Toten im Wald jetzt – festzulegen und diverse Anfragen, Diren Bakthari betreffend, an verschiedene LKAs, das BKA, das Auswärtige Amt, die Afghanische Botschaft und direkt an Einrichtungen in Afghanistan zu schicken. Oppermann unterstützte uns dabei, Gerl war nicht gerade Feuer und Flamme.

Am Nachmittag fuhren Nadija und ich schweigend zur Vernehmung der beiden verletzten Schläger ins Justizvollzugskrankenhaus nach Asperg. Über ihre Auftraggeber wollten sie nicht sprechen. Das war nicht relevant, da wir inzwischen von den Kollegen aus Frankfurt alles Wesentliche wussten.

Während unserer Vernehmung kamen Leute vom LKA Rheinland-Pfalz und machten uns zu Zuschauern. Immerhin boten sie den beiden einen Deal an, ohne den wir eine wichtige Information nicht erhalten hätten. Ihr Auftrag war nicht nur, das Etablissement in der Kranichstraße anzuzapfen. Vielmehr bekam die Konkurrenz ihrer Auftraggeber immer wieder neue exotische Mädchen geliefert, und sie sollten herausbekommen, woher der Nachschub kam. Die beiden hatten die Spur bis in die Nähe von Friederichsburg verfolgt und auch die Bordelle in der Umgebung abgeklappert. Aber bis auf Lydias Haus waren das wohl alles eher traurige Veranstaltungen gewesen, und auch diese hatten nichts mit den Lieferungen zu tun. Lydia und ihr Mädchen schienen aber für eine Übernahme leichte Beute zu sein.

Es war spät geworden bei den Vernehmungen in Asperg, und wir mussten uns beeilen, zurückzukommen, damit David nicht zu lange allein zu Hause war.

Nadija stand deshalb sichtlich unter Stress. »Sieht so aus, als seien wir hinter Menschenhändlern her. Da läuft eine Sauerei. Bakthari ist wahrscheinlich nicht das erste Opfer.«

»Ich würde sagen, da halten wir den Ball erst mal flach, sonst übernimmt das LKA, gründet eine Soko, und wir sind draußen.«

»Ich dachte, du wärst hier, weil du es ruhiger haben wolltest.«

»Sag ich doch.« Ich grinste sie an. »Schön ruhig bleiben.«

»Okay. Endlich weiß ich wieder, warum ich bei der Polizei bin.«

Vor ihrer Wohnung fragte ich: »Kann ich mit nach oben kommen?«

»Besser nicht.«

Wahrscheinlich war sie immer noch sauer. Ich musste zu Fuß in die Kranichstraße laufen.

Um halb neun lag ich in meinem schönen neuen großen Bett und schrieb den Bericht über die Vernehmungen der Schläger zu Ende. Ich würde ihn morgen nur noch ausdrucken und zum Chef bringen, den Rest erledigten LKA und Staatsanwalt. Ab dann konnte ich mich voll auf Diren Bakthari konzentrieren.

Es klopfte an meiner Tür. Eines der Mädchen kam herein, Melissa. Ein hübsches, zartes kleines Ding, kaum größer als meine Tochter und so angezogen wie ein Bilderbuch-Schulmädchen, Bilderbuch für Männer halt. Sie machte auf Teenie, obwohl sie schon achtundzwanzig war.

»Hi, kann ich was für dich tun?«

»Du könntest uns einen Tee kochen.« Ich zeigte auf den Wasserkocher, der auf der Fensterbank stand.

Sie ging hinüber, schaltete den Kocher ein, machte eine aufreizende Bewegung mit ihren Hüften und fragte über die Schulter: »Wie wär's?«

»Danke, nein.«

»Schläfst du nicht mit Huren?«

»Du siehst aus, als wärst du eine Freundin meiner Tochter.«

Sie zuckte mit den Schultern, was so viel hieß wie: dann eben nicht.

Wir tranken unseren beruhigenden Guten-Abend-Tee. Ich wusste nicht recht, was ich mit ihr reden sollte. Nach drei schweigsamen Schlucken fragte sie: »Was machst du da?«, und deutete auf meinen Laptop.

»Arbeiten.«

Das fand sie wohl nicht spannend. Sie griff über mich hinweg und nahm das Bild von dem Mädchen, das Diren Bakthari gesucht hatte. Sie hielt mir das Foto vor die Nase: »Und wer ist das?«

»Das wüsste ich auch gern. Da war ein Mann bei Lydia, der sie gesucht hat.«

Melissa ließ das Bild wieder auf meine Bettdecke fallen und sagte: »Ah«, als wenn alles klar wäre.

»Kennst du sie?«, fragte ich skeptisch.

»Sie nicht, aber welche wie sie. Habe ich schon gesehen. Die müssen das machen.«

Ich sah sie fragend an. »Was?«

»Na, auf'n Strich gehen.« Sie sagte das so, als ob ich nun wirklich keine Ahnung hätte.

»Das siehst du an dem Bild?«

»Nee, aber weil ihr Typ da war.«

FÜNF

Wir waren unterwegs zu der alten Kaserne, Nadija fuhr.

»Diren Bakthari war mit einem offiziellen Visum aus Afghanistan gekommen, und es ging wahrscheinlich um Menschenhandel. Ist gerade reingekommen«, sagte sie und las von einem Ausdruck ab, den sie ans Lenkrad geklemmt hielt: »Diren Bakthari, achtundzwanzig Jahre, aus Kabul, Agrarökonom, arbeitet beim Landwirtschaftsministerium, Einreisegrund: Privatreise, Kontaktadresse ein gewisser Giller Bernhard aus Friederichsburg. Das kam von der Deutschen Vertretung in Kabul über das Außenministerium.«

»Da kümmern wir uns später drum, jetzt erst mal zu PMC.«

»Meinst du, die haben was damit zu tun?«

»Der Tote wurde keine vierhundert Meter von der alten Kaserne entfernt gefunden, die PMC jetzt nutzt. PMC ist eine Söldnertruppe, die auch in Afghanistan vertreten ist. Der Tote ist Afghane. Das reicht dem Staatsanwalt zwar nicht, mir aber schon.«

Wir mussten am Tor eine Weile warten, bis uns ein Wachmann abholte und in das Verwaltungsgebäude begleitete, wo uns der Standortleiter, Dr. Paul Hogmann, empfing.

»So, von der hiesigen Polizei. Was kann ich für Sie tun?« Hogmann war charmant und glatt, trotz seiner circa fünfzig Jahre gut in Form, sein Anzug wirkte unaufdringlich elegant. Er führte uns in sein Büro, das auf eine militärisch schlichte Art eingerichtet war und gleichzeitig Gemütlichkeit ausstrahlte. Auf dem Schreibtisch war kein privates Familienfoto auszumachen, dafür fanden sich Bilder von Soldaten. Neben einer Vitrine, in der verschiedenste Munition, Granaten und Mienen drapiert waren, diente ein fast fünfzig Zentimeter großes Panzermodell als Hauptblickfang.

»Ein Leopard-2-Panzer, eins Ihrer Arbeitsgeräte?«

»Wir haben zwei davon«, antwortete Hogmann nicht ohne Stolz.

»Wo haben Sie die denn her?«, fragte Nadija, wohl wissend, dass es die Dinger nicht im Supermarkt gab.

»Sie werden staunen!« Hogmann konnte sich ein feines Lächeln nicht verkneifen. »Von den Russen.«

Das verblüffte uns beide, war aber jetzt nicht unser Thema.

»Es geht um den Toten, der nicht weit von Ihrem Gelände im Wald gefunden wurde«, sagte ich.

»Ich habe davon gehört. Eigentlich hatte ich Sie schon früher erwartet. Allerdings weiß ich nicht, was ich zu diesem Fall beitragen kann.«

»Nun, wir haben gehört, dass eine regelmäßige Patrouille am Zaun eingerichtet ist und dass Leute dieses Gelände durch das Tor in der Nähe der Fundstelle verlassen haben.«

»Die Patrouille ist nicht so regelmäßig, wie Sie vielleicht vermuten. Meine Leute haben die Aktivitäten der Polizei beobachtet und mir davon berichtet, sonst ist uns nichts aufgefallen. Die Männer verlassen das Gelände an verschiedenen Stellen, das ist einfach praktischer.«

»Können Sie mir sagen, wer einen Schlüssel zu dem Tor hat?«, fragte ich.

»Nicht spontan, aber irgendwo gibt es eine Liste. Ich werde sie Ihnen zukommen lassen, wenn Sie eine Karte für mich haben.«

Nadija reichte ihm ihre Visitenkarte, ich hatte noch keine.

Hogmann sah sich die Karte an. »Nadija Hammerschmitt, sind Sie *die* Nadija Hammerschmitt, ehemalige Meisterin im Taekwondo?«

»Baden-württembergische Jugendmeisterin. Aber das ist lange her.«

»Na, na, stellen Sie Ihr Licht nicht so unter den Scheffel. Sie haben viermal in Folge den Titel geholt, in jeder Altersklasse.«

Sie sollten sogar zur Olympiade mitfahren. Warum ist daraus nichts geworden?«

»Mir ist was dazwischengekommen.« Nadija hatte offensichtlich wenig Lust, das Thema zu vertiefen. »Können Sie uns bitte auch eine Liste der Mitarbeiter übermitteln, die sich, sagen wir, in den letzten zwei Wochen hier aufhielten oder beschäftigt waren?«

»Natürlich. Aber, was ist Ihnen denn bloß dazwischengekommen?«

David, du Blödmann, dachte ich und sagte: »Die Wachleute, die am Zaun patrouillierten, die würden wir gern sprechen.« Ich spürte Nadijas Erleichterung.

»Das wird nicht so einfach sein. Die Herren Verl und Müller, Sie werden sie auch auf der Personalliste finden, sind zurzeit bei einem Auslandseinsatz.«

»Wo?«

»In Somalia.«

»Was macht die PMC eigentlich genau? Was sind das für Einsätze? Und bedeutet PMC ›Private Military Contractors‹, also Söldner?«

»Der Name ist natürlich nicht zufällig, kommt aber von unserem Chef und Gründer. PMC steht für ›Peter Manakov Corporation‹.« Er war nun in seinem Element und hielt eine Werberede allerbester Güte.

Die PMC war ein Sicherheits- und Logistik-Dienstleister, der sowohl für Regierungen als auch private Firmen und NGOs arbeitete. Zum Beispiel koordinierten und sicherten sie Hilfsgütertransporte für das Rote Kreuz und andere karitative Organisationen. Ziel war es, dass die Hilfsgüter bei der notleidenden Bevölkerung ankamen und nicht von Terroristen erbeutet oder von korrupten Regierungsbeamten veruntreut wurden. Mancherorts war das nur mit Waffengewalt möglich. Die PMC bewachte Firmeneinrichtungen von internationalen Großkonzernen, die in sicherheitskritischen Ländern arbeiteten. Die Dienstleistungen reichten vom normalen Werks- oder Personenschutz bis zur Geiselbefreiung, quasi vom Blumengießen bis zum Kampfeinsatz mit schwerem Gerät. PMC machte weltweit mehr als eins Komma fünf Milliarden Dollar Umsatz, davon entfielen auf die deutsche Sektion mit ihren drei Standorten rund vierhundertfünfzig Millionen.

Das war ein dickes Ding. Wir hatten es hier offensichtlich mit einem Schwergewicht zu tun, nicht mit einer Trödeltruppe, die in alten Militäranlagen Räuber und Gendarm spielte. Die Leute hatten Kontakte zu Regierungen und anderen einflussreichen Größen.

Das Telefon klingelte, Hogmann wurde zu einer wichtigen Videokonferenz gebeten und musste sich eilig verabschieden – nicht ohne noch ein Kompliment an Nadija loszuwerden. »Ich war schon zu Ihrer aktiven Zeit ein Bewunderer von Ihnen. Wenn Sie den Staatsdienst mal satthaben, wir wären glücklich, jemanden wie Sie in unseren Reihen zu wissen.« Er reichte Nadija seine Visitenkarte. Mir schüttelte er nur die Hand.

Als er schon im Gehen war, fiel mir noch etwas ein. »Ach, sagt Ihnen der Name Bernhard Giller eigentlich was?«

Er blieb abrupt stehen und drehte sich noch einmal um. »Ja, ein ehemaliger Mitarbeiter von uns. Warum fragen Sie?«

»Warum ehemalig?«

»Wir mussten uns von ihm trennen. Aber das kann Ihnen unser strategischer Leiter, Herr Hauptmann, erklären, meine Sekretärin macht Ihnen einen Termin. Ich muss jetzt wirklich los.«

Die Sekretärin wollte uns wegen eines Termins anrufen, da Hauptmann zurzeit verhindert sei. Auf dem Weg zum Ausgang trafen wir Hauptmann dann trotzdem. Der Mann, der uns hinausbegleiten sollte, war vorausgegangen. Ich hatte Nadija ein Zeichen gegeben, ihn abzulenken, und hatte mich zurückfallen lassen, um einen kleinen Abstecher zu einer Ansammlung von Garagen und Wellblechunterständen zu machen. Dort war eine Vielzahl geländegängiger Fahrzeuge abgestellt. Ich hörte Stimmen, das heißt, vor allen Dingen eine Kommandostimme. Ich winkte Nadija zu mir. Sie legte den Rückwärtsgang ein und ließ unseren Begleiter einfach weitergehen. Wir folgten der Stimme und fanden eine Gruppe Männer in Kampfanzügen, einer stach besonders hervor. Wir erkannten Hauptmann sofort, er machte seinem Namen alle Ehre. Ich schätzte ihn auf einen Meter fünfundneunzig und hundert Kilo trainiertes Fleisch. Er war Anfang vierzig, in seinen besten Jahren, braun gebrannt, hatte militärisch kurze Haare, so kurz, dass man die Farbe nicht erkennen konnte, einen selbstsicheren Ausdruck in der Körpersprache und ein überlegenes Lächeln. Er wies mit zwei Blicken den uns am nächsten stehenden Mann an, sich um uns zu kümmern. Der hatte bestimmt einige Übung darin, Leute aufzuhalten und zu kontrollieren. Für Nadija reichte das aber nicht. Er kam uns entgegen, baute sich vor uns auf und bellte: »Stopp! Was machen Sie hier?«

Nadija hielt ihm ihren Dienstausweis vor die Nase. »Arbeiten«, sagte sie und wand sich mit einer eleganten Bewegung an ihm vorbei, die irgendwas mit ihrer Taekwondo-Fußtechnik zu tun haben musste.

Dann wollte er wenigstens mich aufhalten, aber ich hielt ihm auch meinen Ausweis hin und sagte sehr leise: »Fass mich an – und du bereust es.«

Ihm war sofort klar, dass er heute keinen guten Tag hatte.

»Herr Hauptmann? Hammerschmitt.« Sie hielt ihren Ausweis hoch. »Kriminalpolizei Friederichsburg. Mein Kollege Moderski und ich, wir haben ein paar Fragen an Sie.«

Hauptmann ließ seine Männer abtreten und wandte sich dann uns zu. »Ja?«

Von hinten kam unsere Begleitung angelaufen. Hauptmann stoppte sie mit einer Handbewegung. Der Kommandant von PMC Friederichsburg stand vor uns, die Füße schulterbreit auseinander, die linke Hand im Koppel eingehakt, die rechte entspannt an der Seite ruhend. Er blickte auf Nadija herunter, als sei sie ein anderes Wesen, ein Kaninchen oder so.

Ich habe mich schon immer gefragt, wie Frauen es, trotz ihrer meist deutlich geringeren körperlichen Stärke, schaffen, Männern mental ebenbürtig zu sein. Nadija war nicht klein, doch in diesem Fall war der körperliche Unterschied erheblich. Sie lächelte ihn einfach weg. »Wir ermitteln in einem Tötungsdelikt. Sie sind der Militärische Leiter?«

»Ja.«

»Wie heißen Sie mit Vornamen, Herr Hauptmann, und welchen Dienstgrad haben Sie?«

»Walter. Wir haben hier keine Dienstgrade.« Er war freundlich, antwortete aber knapp und einsilbig.

»Waren Sie in den letzten zwei Wochen an diesem Standort anwesend? Also nicht bei anderen Einsätzen oder im Urlaub?«

»Ja.«

»Dann können wir davon ausgehen, dass Sie über die Vorgänge hier informiert sind«, sagte Nadija.

»Natürlich.«

Ich zeigte ihm das Bild von Diren Bakthari: »Haben Sie den Mann schon mal gesehen?«

Er sah sich das Bild zwei Sekunden an, dann mir in die Augen. »Nein.«

Wir fanden heraus, dass Hauptmann für den militärischen Bereich bei PMC zuständig war, Ausbildung, Strategie und Taktik, und natürlich auch für das Personal. »Für alle, deren Aufgaben es unter Umständen erforderlich machen, Waffen zu tragen.« So drückte er es aus.

»Das schließt sicher auch die Putzfrauen mit ein«, merkte ich ironisch an.

Er lachte, als sei das ein Witz, widersprach aber nicht.

Ich fragte ihn nach Bernhard Giller.

»Bernhard war einer meiner besten Leute. Er war Abteilungsführer, und ich konnte ihn auf heikle ›Ein-Mann-Einsätze‹ schicken. Er ist versiert in der Handhabung aller Waffen und Techniken, in brenzligen Situationen bleibt er kühl, im Kampf aggressiv, also ein sehr effizienter Mann.«

»Warum haben Sie sich dann von ihm getrennt?«, fragte Nadija.

»Diese Aggressivität ist zur Belastung geworden. In einem Fall war er persönlich emotional involviert, da wurde er unberechenbar. Wir mussten Entschädigungen und Bestechungsgelder zahlen, um ihn rauszuholen.«

»Ich nehme an, das wird in seiner Personalakte stehen. Können Sie uns die bitte zur Verfügung stellen?«

»Aus Datenschutzgründen nur auf richterliche Anweisung. Wenn Sie einen begründeten Verdacht haben, dürfte das ja kein Problem sein. Über die Vorfälle ist, aus verständlichen Gründen, nichts dokumentiert. War es das? Ich muss jetzt wirklich.«

Er berief sich auf seine knapp bemessene Zeit und brachte uns zum Tor.

Auf dem Weg von PMC in die Stadt machten wir eine kleine Pause. Wir ließen uns die Daten von Bernhard Giller schicken. Nadija wollte erst recherchieren, aber ich sagte: »Nein, wir fahren gleich hin, kann ja sein, dass er von seinen alten Kollegen informiert wird. Wenn nicht, führen wir nur ein neutrales Gespräch mit ihm, wenn doch, will ich seine spontane Reaktion sehen.«

Bernhard Giller wohnte am Rand von Holzmaden, einem Neubaustadtteil, in einer Doppelhaushälfte mit Garage. Klein, aber nett gemacht, mit gepflegtem Vorgarten. Auf der Garagenauffahrt stand ein schwarzer SUV.

Ein mittelgroßer Mann, gut gebaut, in Jeans und T-Shirt, öffnete uns die Tür.

»Herr Giller?«

»Ja.« Er sah uns an, als wären wir die Brut der Hölle. Nadija zeigte ihm ihren Dienstausweis, und ich erkannte, dass Giller ein harter Brocken war mit einem Pokerface aus Granit. Im Flur standen zwei Koffer, ein paar Schuhe daneben, auch Damen- und Kinderschuhe.

»Sie wollen verreisen?«, fragte ich freundlich.

»Ja. Was ist der Grund Ihres Besuchs?«

»An einem Montag?«

Er zuckte mit den Schultern. »Warum nicht? Was wollen Sie von uns?«

Seine Frau kam mit dem Kind auf dem Arm die Treppe herunter. »Was ist los?«

»Das versuche ich auch gerade zu erfahren.« Er wirkte etwas gereizt.

Ich hielt ihm das Bild von Diren Bakthari hin. »Kennen Sie diesen Mann?«

Giller nahm es und hielt es so, dass seine Frau es nicht sehen konnte. »Schon mal gesehen, ich denke schon, aber ich weiß nicht mehr, wo.«

Ich nahm ihm das Bild wieder ab und reichte es seiner Frau, die ihren Mann daraufhin fragend ansah.

»In Afghanistan vielleicht?«, bohrte ich weiter.

Giller überlegte. Im Gesicht seiner Frau nahm ich ein sachtes Zucken wahr.

Er wusste, dass ich es gesehen hatte. »Ja, kann sein. Was ist mit ihm?«

»Sie waren mehrmals in Afghanistan. Hatten Sie mit ihm zu tun?«

»Da waren so viele. Was hat er da gemacht? Ich meine beruflich, in Afghanistan? Hat er was angestellt?«

»Er war beim Landwirtschaftsministerium.«

»Ja, ich erinnere mich. Wir haben Konvois begleitet, Saatgut, Maschinen und so. Er war dabei. Er war der Organisator, sprach aber kein Deutsch, nur schlechtes Englisch. Was ist mit ihm?«

»Er wollte Sie besuchen.«

»Hier in Deutschland? Warten Sie … er wollte?«

»Er ist tot. Wir ermitteln in einem Mordfall.«

Frau Giller nahm die Hand zum Mund, ließ sie aber gleich wieder sinken.

»Ich habe damit nichts zu tun«, sagte Giller. »Ich kenn den Menschen ja kaum. Woher hätte ich wissen sollen, dass er in Deutschland ist?«

»Vielleicht war er bei Ihnen, bevor er gestorben ist?«

Giller zeigte so viel Regung wie die Bismarck-Statue im Park. »Nein, war er nicht.«

Nach ein paar weiteren Fragen, die nichts brachten, forderte ich ihn auf, uns zur Verfügung zu stehen, bis die Ermittlungen abgeschlossen waren.

»Und mein Urlaub?«, maulte Giller.

»Den verschieben Sie mal besser.« Damit ließ ich ihn stehen.

Auf dem Weg zum Auto raunte Nadija: »Du kannst ihm nicht das Reisen verbieten, dafür brauchst du einen handfesten Verdacht.«

»Habe ich ja auch nicht.« Ich zwinkerte ihr zu. »Ich habe ihm nur geraten, seine Reise zu verschieben. Es ist doch klar, dass die Gillers gewarnt worden sind. Sie waren nervös, besonders als es um Bakthari ging, wahrscheinlich war er bei ihnen. Für mich sah es nach einer überstürzten Abreise aus. Gut, dass wir gleich hingefahren sind. Keine Sekunde zu spät.«

»Aber was machen wir jetzt?«, wollte Nadija wissen.

»Wir hören uns mal in der Nachbarschaft um.«

Dabei blieben wir weit genug von Gillers Haus weg, um nicht gesehen zu werden. Die Gillers wohnten seit ein paar Jahren hier. Die Nachbarn hatten wenig Kontakt mit ihnen, fanden die Familie aber sehr sympathisch. Es gab keine schlechten Worte. Der Junge war etwa vier Jahre alt und besuchte den Kindergarten. Herr Giller hatte eine Sicherheitsfirma und arbeitete oft nachts, Schließdienst, Streifengänge und Security bei Veranstaltungen. Einer glaubte, Diren Bakthari in der Nähe gesehen zu haben, brachte ihn aber nicht mit Giller in Verbindung.

Plötzlich fuhr der Wagen der Gillers an uns vorbei. Giller sah uns und gab Gas. Bis wir unser Auto erreicht hatten, war er schon außer Sicht. Nadija nahm trotzdem die Verfolgung auf. Ich informierte das Präsidium, die Kollegen sollten die Augen offen halten. »Friederichsburger Kennzeichen, BG 386, schwarzer SUV, Tuareg. Reiseziel unbekannt, will sich vermutlich ins Ausland absetzen.«

»Bis alle Streifen Bescheid wissen, sind die längst weg. Aber vielleicht fahren sie ja auch nur zum Einkaufen«, meinte Nadija, während sie aufs Geratewohl den kürzesten Weg aus der Siedlung heraus auf die nächste Bundesstraße nahm.

Sie fuhr zügig, aber nicht riskant. Als wir die Bundesstraße erreichten, wussten wir nicht weiter, rechts Richtung Stuttgart oder links Richtung Schwarzwald. Nadija bog rechts ab – der kürzeste Weg zu den Autobahnen.

Eine Viertelstunde fuhren wir mit deutlich überhöhter Geschwindigkeit und ließen uns mehrmals blitzen. Dann mussten wir einsehen, dass er entweder viel schneller gefahren sein musste als wir oder in einer anderen Richtung unterwegs war. Vielleicht war Giller ebenfalls geblitzt worden, dann wüssten wir wenigstens, in welche Richtung er gefahren war. Wir kehrten ins Präsidium zurück.

Großhans kam in unser Büro. »Was denken Sie, ist er unser Mann?«

»Dafür ist es noch zu früh, aber er kann uns sicher mehr zu Bakthari sagen, als er es bisher getan hat«, antwortete ich.

»Ihr macht hier so einen Riesenladen«, mischte Gerl sich ein. »Dabei hat er sich vermutlich nur einen Döner geholt und sitzt längst wieder zu Hause auf dem Sofa.«

Das glaubte ich zwar nicht, schickte aber trotzdem eine Streife bei Giller vorbei. Die Kollegen sollten auch die umliegenden Parkplätze von Supermärkten, Dönerbuden und anderen möglichen Einrichtungen checken.

Großhans würde sich um eine Genehmigung für eine Hausdurchsuchung kümmern, wenn sichergestellt war, dass Giller auf der Flucht war, was wir als Schuldeingeständnis werteten. Darüber hinaus lag noch kein ausreichender Tatverdacht gegen ihn vor. Jetzt hieß es also auf die Ergebnisse der Verkehrsüberwachung warten. Nadija ging nach Hause. Ich hatte noch was zu erledigen, wollte aber ihrer Einladung zum Abendessen folgen.

Nadija hatte marinierte Putensteaks mit Blattspinat, Spiegelei und Kartoffeln gemacht. Mit den Worten: »Eigentlich hast du es nicht verdient«, schenkte sie jedem von uns ein Glas Pfälzer Chardonnay ein.

Das Essen war lecker. Wir waren beide ein wenig befangen. Waren wir am Anfang zu stürmisch aufeinander zugegangen, tasteten wir nun zu zaghaft die Grenzen des jeweils anderen ab, bemüht, ihm nicht zu nahe zu kommen und ihm doch nahe zu sein. Am besten gelang mir das, wenn wir uns um David kümmerten.

Nach dem Essen sagte ich zu ihm: »Ich hab dir was mitgebracht«, und holte eine Plastiktüte aus dem Flur. »Deine neue Rechenmaschine.« Nacheinander stellte ich zehn Spielzeug-Gelenkbusse im Maßstab eins zu zweiundvierzig auf den Tisch, die ich mir von dem örtlichen Busunternehmen besorgt hatte. Dann packte ich zehn Kleinbusse aus, drei vom Busunternehmen und sieben von einer Mercedes-Vertretung. Zehn Motorräder hatte ich in den Spielzeugläden der Stadt zusammengesucht.

Nadija strahlte. »Du bist ja verrückt!«

Aber David strahlte noch mehr. Er packte unsere provisorischen ausgedruckten Busse weg und begann zu rechnen.

Nadija und ich tranken den Rest unseres Weins und sahen ihm zu. Nadija kontrollierte die Ergebnisse, die David ins

Rechenheft eintrug, und ich sah, dass sie ganz feuchte Augen hatte. Dann klingelten unsere beiden Handys.

Ich hielt Nadija zurück und sagte: »Ich geh ran.« Es war das Revier, es gab eine Spur von Giller. Ich beschloss, mich allein darum zu kümmern. »Bleib hier bei David. Wenn ich dich brauche, rufe ich an.«

»Was ist das für eine Sauerei!«, brüllte ich. »Die Nachricht ist schon um sechzehn Uhr fünfundvierzig reingekommen? Wer hat sie entgegengenommen?«

Die Nachtschicht hatte aus Neugier und Langeweile die Eingangsmeldungen des Tages durchgesehen und dabei die Meldung entdeckt, dass ein schwarzer VW Tuareg mit überhöhter Geschwindigkeit in Richtung Freudenstadt auf der Schwarzwaldhochstraße unterwegs war.

»Die Nachricht ist als gelesen gekennzeichnet, aber es ist nirgends ein Vermerk, von wem.«

Ich verfluchte Gerl, aber es half nichts. Zum Glück hatte Großhans den Durchsuchungsbeschluss inzwischen vorbereitet.

Ich rief Nadija an. »Hi, schläft David?«

»Ja.«

»Gib das Babyfon zu Bea. Ich hole dich gleich ab, wir gehen zu Giller ins Haus. Den Rest erklär ich dir später.«

Um einundzwanzig Uhr dreißig hatte der Schlüsseldienst die Tür geöffnet. Die Kriminaltechnik war noch nicht da, doch Nadija und ich zogen uns Überschuhe und Gummihandschuhe an und gingen rein. Zuerst sicherten wir nacheinander alle Räume, dann schalteten wir das Licht im ganzen Haus an und starteten unsere Suche. Wir schauten uns nach dem entscheidenden Hinweis um, der uns Gillers Aufenthaltsort oder seine Verwicklung im Todesfall Diren Bakthari verraten konnte.

Sich nachts in einem fremden Haus aufzuhalten, sich

Stück für Stück immer tiefer in die persönlichsten Dinge eines anderen Menschen hineinzuarbeiten, immer mehr von seinem Charakter, seinem Leben und seiner Seele zu erfassen, zu erleben und letztendlich zu fühlen, war eine ganz besondere Erfahrung, an die ich mich nie gewöhnen würde, zumal sie jedes Mal anders war. Immer aber war auch ein Stück Scham und Schuld dabei. Offensichtlich erging es Nadija ähnlich. Wir arbeiteten schweigsam, machten uns nur ab und zu auf das eine oder andere aufmerksam. Ich fand Bilder von Giller und seiner Frau: glücklich, verliebt, mit Baby; eine Todesanzeige von seinem Vater, Giller im schwarzen Anzug, seine Frau auch in Trauer, mit dem Kleinen auf dem Arm. Da waren Versicherungsunterlagen, Lieblingsmusik, Fachbücher über Sicherheitstechnik und Liebesromane, Kondome, Reizwäsche und Erinnerungen aus Afghanistan. Im Keller fanden wir einen Waffenschrank, er stand offen, in der Tür hing praktischerweise ein Verzeichnis: eine Kleinkaliberpistole, ein Kleinkalibergewehr – Sportwaffen; ein Schrotgewehr, ein Karabiner – Jagdwaffen; eine Pistole vom Typ Glock 34.

Die Glock und das Schrotgewehr fehlten. Ich ließ das Revier die Waffenzulassungen prüfen.

Nadija fand im Keller alte Fotos, eines zeigte Giller, als er klein war, mit seinem Vater beim Angeln an einem kleinen See, im Hintergrund war eine Anglerhütte mit Bootssteg zu sehen.

Ich ging daraufhin noch mal die Versicherungen durch. Es gab verschiedene Gebäudeversicherungen: das Haus, eine Büroeinheit im Gewerbegebiet, ein Wochenendhaus mit Gartengrundstück, die Adresse irgendwo zwischen Freudenstadt und Titisee. »Komm, wir fahren dahin«, sagte ich zu Nadija.

Sie packte alles zusammen und nahm ein Bild von der Hütte mit. Dass sie vor nicht einmal zwei Wochen nur Bürodienst gemacht hatte und ihr elfjähriger Sohn zu Hause allein schlief, während Mama auf Verbrecherjagd ging, hätte ein Fremder nicht mal ahnen können. Ich fand sie sehr tapfer und sagte ihr das auch. Sie lächelte schräg. Ich beruhigte sie. »Bis zum Morgen sind wir wieder zurück.«

Ich fuhr Richtung Freudenstadt. Dass mein Führerschein noch beim Amt lag, interessierte mich in dem Moment nicht. Nadija gab die Adresse aus den Versicherungsunterlagen in das Navi ein. Das Gerät kannte die Straße allerdings nicht, also fuhren wir erst mal zu dem nächstgelegenen Dorf und informierten das Präsidium über unser Ziel. Nadija nahm meinen Laptop, loggte sich über das Connectsystem des Wagens ins Netz ein und suchte die Hütte.

Nach einer guten halben Stunde meldete sich das Präsidium. »Gerl hier.«

»Was macht der da?«, fragte ich Nadija leise.

Gerl hatte das wohl gehört. »Ich koordiniere den Einsatz von der Zentrale aus.« Seine Stimme klang nun noch schroffer. »Sie können Ihren kleinen Ausflug abbrechen, ich habe das SEK in Freiburg informiert. Die sind näher dran und besser für den Zugriff geeignet als Sie.«

Innerhalb einer Sekunde gingen mir ein Dutzend Gedanken durch den Kopf, die ich einen nach dem anderen verwarf, sodass am Ende nur einer übrig blieb. Ich sagte: »Okay, wir kehren um, danke und aus«, dann gab ich Gas.

Nadija sah mich an und sprach aus, was ich dachte. »Da stimmt was nicht.«

»Recherchier mal über das SEK Freiburg, ob es da irgendeine Verbindung zu Gerl gibt.«

»An die Personaldaten kommt man nicht ran.«

»Vielleicht findest du was über die Presse.«

Nadija arbeitete am Laptop, während die nächtliche Landschaft an uns vorbeiflog. Wir waren gerade bei Freudenstadt, da sagte Nadija: »Ich glaube, wir sollten uns beeilen.«

Sie hatte einen Bericht in der Badischen Zeitung entdeckt, es ging um eine Ehrung des SEK-Einsatzleiters nach einer Geiselbefreiung. Guntram K. war ehemaliger Kampfschwimmer und aus dem Norden nach Freiburg gekommen. Sie hatte einen Guntram Kalkhoff im Vorstand einer Kampfschwimmer-Kameradschaft gefunden.

»Und Gerl?«, fragte ich.

»Gerl war bei der Bundeswehr Sanitäter, das weiß ich. Walter Hauptmann, der strategische Leiter der PMC, ist Beisitzer in dieser Kameradschaft.«

»Kalkhoff, Hauptmann, Giller, das ist kein Zufall. Da geht was ab.«

Für einen Augenblick beschäftigte mich die Frage, wie Gerl in diese Sache passte, aber dann schob sich eine andere, viel drängendere Frage in den Vordergrund meines Bewusstseins. »Was macht Kalkhoff mit Giller? Hilft er ihm zu verschwinden oder legt er ihn um?«

»Und die Frau und das Kind als mögliche Zeugen gleich mit!« Nadijas Stimme verriet, welche Option sie für die wahrscheinlichere hielt.

Ich drückte auf einen kleinen Knopf in der Mittelkonsole, der das Fahrwerk und die Schaltung in den Sportmodus stellte, zog meinen Sicherheitsgurt strammer und beschleunigte.

Die Xenonscheinwerfer brannten einen Lichttunnel in das Dunkel. Am Rand meines Blickfeldes huschten Sträucher und Bäume wie graue Schatten vorbei. Ich fokussierte meinen Blick auf die Straße, mit gelegentlichen Seitenblicken auf die Karte des Navis, um die Kurvenverläufe besser abschätzen zu können. Gnade dem Wildschwein, das jetzt auf die Fahrbahn laufen wollte. Ich ließ Nadija »Funk110« starten, ein Programm, mit dem man den Polizeifunk abhören konnte. Sie fand das SEK auf einer verschlüsselten Frequenz. Ich sagte ihr, wo ich das Entschlüsselungsprogramm auf meinem Laptop abgelegt hatte. Kurz darauf meinte sie: »Die sind jetzt abfahrbereit. Circa eine Dreiviertelstunde bis zum Einsatzort.«

Das Navi berechnete unsere Ankunft auf acht Minuten später. Wir mussten uns beeilen, und zwar sehr. Zum Glück hatte ich mir von der Fahrbereitschaft den Wagen vom Chef geben lassen – der hatte ja Feierabend –, einen Mercedes E400 mit dreihundertdreiunddreißig PS. Der Wagen brachte seine Kraft über alle vier Räder auf die Straße. Ich fuhr die Kurven hart an und beschleunigte früh, dabei ließ ich das ESP und die Antischlupfregelung den Grenzbereich so radikal abtasten, dass es den Entwicklungsingenieuren der Systeme ein breites Grinsen in das Gesicht getrieben hätte.

Meine Frau hätte geschrien oder gekotzt oder beides, Nadija bediente den Laptop. »Wenn du einen Schnitt von hundertdreißig schaffst, haben wir fünf Minuten, bevor das SEK eintrifft.«

Zum Glück waren die Ortschaften in einer Montagnacht um halb zwölf wie ausgestorben, aber parkende Autos waren wie Schikanen mal rechts, mal links abgestellt.

Gerl meldete sich: »Wo bleibt ihr?«

Ich konnte nicht antworten, ich arbeitete am Lenkrad.

Nadija sagte: »Hast du Sehnsucht? Wir haben noch eine Pause gemacht.«

In dem Moment quietschten die Reifen.

»Was ist das für ein Geräusch?«

»Ist hier auf dem Parkplatz, ich geh mal gucken. Ende.« Sie schaltete das Gerät ab.

Noch zehn Kilometer. Wir waren von der Bundesstraße runter, die Straßen und Ortsdurchfahrten wurden immer schmaler und die Schlaglöcher immer tiefer. Wenn der Chef gewusst hätte, was ich mit seinem Wagen machte, hätte er mich rausgeschmissen.

Beinahe wäre ich an der Abfahrt vorbeigefahren. Im letzten Moment riss ich das Steuer herum und raste mit überhöhter Geschwindigkeit über einen Waldweg. Der Wagen schlingerte. Auf dem Gras und Dreck griff auch das ESP nicht. Ich hielt ihn irgendwie in der engen Gasse zwischen den Bäumen, dann brachen wir auf eine Lichtung und drifteten über eine Wiese auf die Hütte zu. Die Scheinwerfer blendeten durch die kleinen Fenster ins Innere der Hütte und erfassten den SUV, als wir quer rutschend zum Stehen kamen.

Punkt eins bei Zugriffen: sich der Zielperson möglichst unbemerkt nähern.

Erledigt.

»Bleib im Wagen«, sagte ich zu Nadija und stieg aus.

Doch sie schälte sich ebenfalls aus ihrem Sitz. »Mir ist schlecht«, entschuldigte sie sich.

Es war still. Nach der aufregenden Fahrt zitterten mir Hände und Knie. Neben uns knackten und knisterten die heißen Aggregate des traktierten Mercedes. Wir sahen uns an.

War da überhaupt jemand?

Plötzlich krachte ein Schuss. Ich hörte die Kugel über mir in die Nacht pfeifen.

»Verschwinden Sie«, schrie Giller aus der Hütte. »Der Nächste trifft.«

»Ich bin unbewaffnet«, sagte ich.

Nadija zog sich hinter das Auto zurück, während ich, die Hände erhoben, auf die Hütte zuging.

»Giller, lassen Sie uns reden.«

Ein zweiter Schuss pfiff an mir vorbei. Es sollte eine Warnung sein, aber er verriet mir auch, dass Giller nicht treffen wollte, er war nicht bereit zu töten. Noch nicht!

Auf halbem Weg zur Hütte zog ich meine Jacke aus und drehte mich um mich selbst, damit Giller sehen konnte, dass ich nicht trickste. »Giller, ich habe nicht gelogen. In fünf Minuten ist das SEK aus Freiburg hier, wir müssen unbedingt vorher reden. Ich komme jetzt rein.«

Ich stieß die Tür auf. Drinnen war es noch dunkler. Ich betrat den Raum. »Giller, ich will nur –« Er packte mich von hinten und nahm mich sofort in einen Würgegriff. Ich konnte nicht mehr atmen, das Blut in meinem Kopf hörte auf zu zirkulieren.

Noch dreißig Sekunden.

Ich erwischte den Saum eines Hosenbeins und riss das Bein

mit aller Gewalt nach oben, gleichzeitig warf ich mich nach hinten in seine Umklammerung. Giller konterte mit enormer Kraft, verlor aber trotzdem das Gleichgewicht und fiel rückwärts. Im Moment unseres Aufpralls auf dem Boden warf ich meinen Kopf zurück und rammte ihn auf Giller Brust. In meinem Kopf explodierte ein Sternenhaufen. Meine Hände arbeiteten instinktiv, ohne das Zutun meines malträtierten Hirns packten sie Gillers Hände, brachen ihm zwei Finger und lösten so den Würgegriff.

Gillers Ruf, im Kampf aggressiv zu sein, war eine freundliche Untertreibung, er war ein Tier. Ein bösartiges, wildes, weidwundes Tier, dessen Junges bedroht wurde. Seine Schläge prasselten auf meine Deckung. Doch plötzlich ließ er ab.

Ich schüttelte mich, um die Benommenheit loszuwerden. Nadija hatte ihn in einem ihrer Griffe und schien für einen Moment die Oberhand zu haben. Aber bevor ich meine Kräfte sammeln konnte, um Giller endgültig ruhigzustellen, stach er Nadija mit einer Kralle aus seinen gesunden Fingern ins Gesicht. Er musste ihre Augen getroffen haben, sie taumelte zurück. Darauf war sie nicht vorbereitet gewesen, sie war Wettkampfsportlerin, keine Killerin. Giller setzte nach, packte Nadija, hob sie hoch, drehte sie um und warf sie gegen die Wand, von der sie auf den Boden krachte. Sie blieb in einer grotesken Haltung liegen.

Was hatte ich getan? Nadija, die Mutter eines hilfsbedürftigen Kindes, diesen gutherzigen Menschen, ihren Fähigkeiten zuliebe und ihren Schwächen zum Trotz aus ihrem Büroversteck gelockt und in diese Gefahr gebracht. Und alles nur meinem Ego und meinen Zielen zum Zweck?

Giller ging wieder auf mich los. Er war jünger, er war trainierter, er war zu allem bereit. Ich würde ihn nur besiegen, wenn ich alles geben würde, wenn ich in den Kampfrausch käme, den ich so sehr liebte und fürchtete.

Aber ich wollte gar nicht kämpfen, wie sollte ich da in den Rausch kommen?

Ich wollte reden, also hielt ich ihm meine gestreckten Hände entgegen. »Stopp!«, schrie ich. »Ich will reden.«

Er wischte meine Hände beiseite und schlug erneut zu.

Ich pendelte seinen Schlag aus. »Das SEK wird von Ihrem Freund Kalkhoff angeführt.« Ich wich zwei weiteren Schlägen aus. »Wie sicher sind Sie, dass er noch Ihr Freund ist?«

Mit jeder Silbe seiner Antwort drosch Giller einen Schlag auf meine Deckung: »Er ... holt ... mich ... hier ... raus!«

Ich wich immer weiter zurück. »Nein, dafür würde er allein kommen. Nicht mit der ganzen Mannschaft. Der legt Sie um und Ihre Frau und das Kind auch.«

Giller schrie: »Lüge, alles Lüge!« Er war wie von Sinnen und schlug immer weiter, wie eine unaufhaltbare Maschine.

Da griff ihm seine Frau von hinten in die Arme. »Bernhard, lass, hör auf.«

Aber Giller schüttelte sie ab.

Und dann war es, als bliebe die Zeit stehen. Gillers Frau taumelte rückwärts, stieß gegen einen Stuhl, der durch das Zimmer schleuderte, verlor das Gleichgewicht und stürzte auf einen Tisch, den sie mit sich riss, krachte hinter dem Tisch auf die Eckbank und von da zu Boden, der Tisch mit Geschirr und Gläsern vom Abendessen polterte auf sie. Gillers Sohn, der auf der Bank geschlafen hatte, begann hysterisch zu schreien.

Und auch Giller schrie: »Aijdina, nein!«

Er grub sie aus den Scherben und bemühte sich zu helfen. Das Kampftier war binnen Sekunden zu einem kummervollen Liebenden geworden. Ich drehte ihm die Hände auf den Rücken und ließ die Handschellen einschnappen.

Dann kümmerte ich mich um Nadija, die langsam wieder zu sich kam und ihre Arme und Beine betastete. Zum Glück hatte sie sich nichts gebrochen, aber sie war noch ganz benommen und würde bald voller grüner und blauer Flecken sein. Auch ich fühlte mich, als hätte mich ein großes, gemeines Tier durchgekaut und wieder ausgespuckt. Ich wollte nichts anderes tun, als neben Nadija auf dem Boden zu sitzen und auf

Giller zu starren, der den Kopf über seiner Frau hängen ließ und weinte. Und, welches unglaubliche Sinnbild für Kraft, Liebe und Zärtlichkeit, Aijdina, die sich selbst kaum rühren konnte, tröstete Giller und streichelte über seine Haare.

In diesem Moment stand die Zeit wirklich still. All die Hetze, die Gewalt, die Anspannung und Angst hoben sich in einem Atemzug der Welt hinweg.

Der Junge schrie noch immer auf der Eckbank, aber es klang nicht mehr so hysterisch, sondern eher wie ein empörtes Meckern, vermutlich, weil sich niemand um ihn kümmerte. Giller schluchzte, Nadija und Aijdina stöhnten, aber alles schien weit entfernt, und die Geräusche klangen für mich wie durch Watte gedämpft. Das Licht der Scheinwerfer unseres Autos drang indirekt in die Hütte und beleuchtete das Chaos, das der Kampf hinterlassen hatte. Staub tanzte in der Luft, die Lampe über dem umgestürzten Tisch schaukelte leise quietschend an ihrer Kette.

Mein Herzschlag beruhigte sich, mein Atmen wurde wieder normal. Aijdinas Hand sank nieder, sie lächelte Giller liebevoll und aufmunternd zu. Nadija drückte meinen Arm. Es war vorüber. Friede kehrte ein.

Draußen huschten Schatten vorbei.

Ich sprang auf und schrie, so laut ich noch konnte: »Hier ist Hauptkommissar Carl Christopher Moderski aus Friederichsburg, ich habe alles im Griff. Bernhard Giller ist mein Gefangener!«

Als Antwort flammten unglaublich helle Scheinwerfer auf, sie tauchten die Hütte und ihre Umgebung in ein weißgrelles unwirkliches Licht. Rote Laserpunkte tanzten über die Hüttenwand und hefteten sich auf jede Person.

Der letzte Showdown, in einer Sekunde konnte alles vorbei sein.

»Ich bin Polizist«, schrie ich. »Meine Kollegin, Hauptkommissarin Hammerschmitt, ist bei mir. Meine Dienstwaffe ist im Mercedes, mein Dienstausweis steckt in der Jacke, die draußen liegt. Ich komme jetzt mit meinem Gefangenen raus. Nicht schießen. Kein Zugriff. Das ist ein Befehl. Hören Sie, das ist ein Befehl!«

Natürlich hatte ich den Spezialkräften nichts zu befehlen, aber ich hoffte, es würde sie so weit einschüchtern, dass sie lange genug zögerten.

Ich rappelte mich auf und zerrte Giller hoch. Die roten Punkte waren mir jetzt egal. Wenn sie schießen wollten, hätten wir so oder so keine Chance. Nur selbstverständliches zielgerichtetes Handeln würde uns hier rausbringen. Ich packte Giller an den Handschellen und führte ihn zur Tür. Zu Nadija sagte ich leise: »Nimm die Frau und das Kind und folge mir zum Wagen.« Ich führte Giller vor mir her zu unserem Mercedes. Ein Mann im gepanzerten Kampfanzug untersuchte gerade meinen Dienstausweis.

»Alles klar?«, fragte ich ihn und ließ mir meine Jacke geben.

»Alles klar«, sagte er unsicher. Die Situation war nicht die, die er erwartet hatte.

Ich setzte Giller in den Wagen, kurz darauf folgte Nadija mit seiner Frau und dem Kind und setzte sie zu ihm auf die Rückbank.

»Was wird das hier?«, blaffte mich ein großer Kerl an, der sich im vollen SEK-Kampfanzug hinter mir aufgebaut hatte. »Ich habe Order, Bernhard Giller festzusetzen und nach Freiburg zu bringen.«

»Und wer sind Sie?«, nahm ich ihm den Wind aus den Segeln.

»Guntram Kalkhoff, Leiter der zweiten Einsatzgruppe des SEK Freiburg.«

»Gut, Herr Kalkhoff, Sie haben den Befehl, den Flüchtigen festzusetzen. Aber erstens ist der Flüchtige kein Flüchtiger mehr, sondern hat sich mir freiwillig gestellt.« Meine besondere Betonung lag auf *mir* und *freiwillig*, was mir angesichts meiner Schmerzen und offensichtlichen Kampfspuren ein Grinsen ins Gesicht trieb, das Kalkhoff für unverschämt halten musste. »Zweitens«, fuhr ich fort, »haben Sie ihn nicht gefasst und können ihn aus diesem Grund auch nicht mit nach Freiburg nehmen. Drittens kennen Sie und Giller sich über Ihren gemeinsamen Freund Hauptmann, und deshalb war es keine gute Idee von Ihrem Kumpel Uwe Gerl«, das hatte ich jetzt mal einfach so geraten, »Sie hierherzuschicken.«

Kalkhoff hatte einen hochroten Kopf unter seinem Tarnanstrich und wollte mich wütend unterbrechen. »Ich habe hier zwanzig Mann –«

»Aber nicht Giller, den habe ich. Und ich habe soeben meiner Staatsanwaltschaft mitgeteilt, dass ich ihn nach Friederichsburg mitbringe.« Ich hielt ihm mein Smartphone vor die Nase.

Ich konnte förmlich sehen, wie es in Kalkhoffs Kopf arbeitete. Er hatte sich schon weit aus dem Fenster gelehnt. Wenn er noch weiter ging, würde ihm dieser Gefallen seine Karriere kosten. Seine Kiefermuskeln arbeiteten wie bei einer Bulldogge.

Ich klopfte ihm auf die Schulter. »Vielen Dank für Ihre Unterstützung. Wir brauchen Sie jetzt nicht mehr.« Zu den umstehenden Einsatzkräften rief ich: »Abtreten, der Job ist erledigt!«, stieg ins Auto, startete den Motor und fuhr rückwärts den Waldweg bis zur Straße zurück und dann Richtung Friederichsburg. Das SEK und sein Einsatzleiter blieben konsterniert zurück.

Schon nach kurzer Fahrt begann die Straße vor meinen Augen zu verschwimmen. Jetzt, wo mein Kreislauf sich beruhigt hatte und die Aufregung gewichen war, spürte ich die Erschöpfung von der enormen Anspannung und Konzentration. Außerdem machten sich die Schmerzen von der Prügelei immer stärker bemerkbar. Im nächsten Ort bog ich kurzerhand auf den Hof eines Hotels ein. »Ich kann nicht mehr«, eröffnete ich. »Kannst du fahren, oder sollen wir hier übernachten?«

Auf der Hauptstraße fuhr ein dunkler Wagen mit hoher

Geschwindigkeit vorbei. Nadija schüttelte müde den Kopf: »Bring mich nach Hause, bitte. Du hast es versprochen.«

Sie sah mich an und wusste, dass ich nicht angehalten hätte, wenn es anders gegangen wäre. Nadija weinte. Ihr ganzer Körper bebte beim Schluchzen. Sie musste genauso fertig sein wie ich.

Ich drehte mich nach hinten um. »Okay, können Sie fahren?«, fragte ich Frau Giller.

»Sie hat keinen Führerschein. Ich kann fahren«, antwortete Giller für seine Frau.

Das hättest du wohl gern.

Ich gab Nadijas Adresse in das Navi ein und fesselte Gillers linke Hand mit einer Handschelle an das Lenkrad, obwohl er versprach, keinen Fluchtversuch zu unternehmen. Giller folgte den Angaben der künstlichen Stimme. Nadija und ich wollten abwechselnd aufpassen, aber wir wachten beide erst auf, als er vor Nadijas Wohnung anhielt. Inzwischen war es drei Uhr dreißig. Nadija stierte eine Weile verschlafen geradeaus, bevor sie mich plötzlich ansah.

»Und jetzt?«

»Du bist zu Hause. David wartet.«

»Der schläft. Nein, ich meine, was ist mit ihnen?« Sie deutete auf unsere Gäste.

»Ich bringe sie aufs Revier.«

Giller zuckte zusammen. »Wir sind unschuldig, wir haben nichts getan.«

»Warum seid ihr dann abgehauen?«

»Wenn du meine Frau und mein Kind in 'nen Knast bringst, sage ich gar nichts mehr. Und was ist mit diesem Gerl? Ich denk, der will uns an den Kragen.«

»Keine Ahnung, was der wirklich will. Aber vielleicht ist es besser, wir klären das erst mal. Bei mir im Keller gibt es ein Domina-Studio, das ist wie ein Kerker …«

Nadija und Giller sahen mich mit dem gleichen Gesichtsausdruck an, irgendwie mitleidig. Schließlich sagte Nadija:

»Ich nehme die beiden mit zu mir, sie können in Davids Zimmer schlafen. Und du bringst Giller in den Keller.«

Wir waren zu müde, um noch eine bessere Lösung zu suchen.

»Okay?«, fragte ich in die Runde.

Giller nickte, seine Frau lächelte verlegen. Also nahm Nadija Frau Giller und ihren Sohn mit zu sich in die Wohnung. Beim Abschied nahmen wir uns stumm in die Arme und fühlten einen kleinen Moment lang die Erleichterung des anderen, den Stolz aufeinander und etwas, das größer war.

Ich ließ Giller in die Kranichstraße fahren. Im Keller kettete ich ihn an das eiserne Bett und schloss ihn im Domina-Studio ein. Als ich aus dem Keller kam, stand Lydia vor der Tür.

»Ach, du bist das«, sagte sie. »Ich hatte schon gedacht, wir haben noch Gäste.« Sie sah mich von oben bis unten an. »Hat dich jemand vor einen Zug geschubst? Ich glaube, du solltest ein heißes Bad nehmen, bevor du schlafen gehst.«

Sie ignorierte meine Proteste und führte mich in das große Bad mit dem Whirlpool. Sie setzte sich auf den Rand, um aufzupassen, dass ich nicht einschlief und unterging, während die Wärme und die perlende Massage meinem Körper halfen, mit den Prellungen und Zerrungen fertigzuwerden.

Als ich in meinem Bett erwachte, schien die Sonne schon in mein Zimmer. Ich konnte mich nur noch dunkel erinnern, wie ich ins Bett gekommen war. Zwei der Mädchen mussten Lydia geholfen haben.

Ich holte Giller aus seiner improvisierten Zelle, brachte ihn zum Klo und anschließend in die Küche für einen Kaffee. Lydia bestand darauf, uns ein Frühstück zu machen, und sie fütterte Giller auch noch, weil der arme Mann die Hände auf dem Rücken gefesselt hatte.

»Also los, Giller, nachdem wir beide uns ein bisschen gestärkt haben, erzählen Sie doch mal.« Ich holte mein Smartphone heraus und legte es mit eingeschalteter Aufnahmefunktion auf den Tisch. »Das ist jetzt eine offizielle Vernehmung zu den Vorfällen des gestrigen Tages.«

Doch Giller wollte nicht reden, bevor er nicht wusste, wie es seiner Frau und seinem Sohn ging. Also rief ich Nadija an und hielt Giller den Hörer ans Ohr.

Nadija war auch noch zu Hause. Sie hatte sich, nachdem sie David in die Schule geschickt hatte, noch mal schlafen gelegt und saß nun frisch geduscht mit Frau Giller beim Frühstück. Der Kleine schlief noch.

Nach dem Telefonat begann Giller zu reden.

Er war mit der Bundeswehr in Afghanistan gewesen. Nach einem Kampfeinsatz kam er leicht verwundet in ein örtliches Hospital. Dort lernte er Aijdina kennen. Sie war so was wie eine Ärztin, obwohl sie unter den Taliban ihre Ausbildung offiziell nicht beenden konnte. Aber Ärzte waren knapp, und so tat sie ihren Dienst. Sie sprach gut Englisch und ein wenig Deutsch. Sie verliebten sich ineinander. Aufgrund seiner Verletzung wurde er für kampfuntauglich erklärt und musste zurück nach Deutschland. Den beiden war klar, dass sie zusammenbleiben wollten, also mussten sie schnell handeln. Zu der Zeit war Aijdina schon schwanger, aber das wussten sie noch nicht. An eine offizielle Hochzeit war nicht zu denken, die Formalitäten hätten viel zu lange gedauert. Außerdem hätte Aijdinas Familie das nicht zugelassen, da sie einem entfernten Cousin versprochen war, der als Taliban auf der Flucht war. Aijdina lebte in der ständigen Angst, dass ihre Beziehung bekannt würde und Freunde ihres Zukünftigen sie töten oder entführen könnten.

Giller kehrte nach Deutschland zurück, verließ die Bundeswehr und heuerte bei PMC an. Da er Experte für Logistik in Kampfgebieten war, lag es nahe, einen Plan zu entwickeln, Aijdina aus Afghanistan herauszubringen. Zuerst sollte sie über Pakistan fliehen, aber dann fand Giller eine Möglichkeit, sie direkt nach Deutschland zu holen. Dazu musste er einige Kameraden einweihen und manche bestechen. Er baute einen Materialcontainer so um, dass man darin einen Menschen per Luftfracht transportieren konnte. Dutzende, wenn nicht Hunderte dieser Container wurden ständig zwischen Deutschland und Afghanistan hin- und hergeflogen. Ihr Container war als Munitionstransport deklariert und wurde so vom Zoll und anderen Untersuchungen verschont.

Alles funktionierte prima. Doch dann begannen die Schwierigkeiten. Einer seiner besten Freunde, den er ins Vertrauen hatte ziehen müssen, nötigte ihn, Rauschgift mit zu transportieren. Auch als Aijdina längst in Deutschland war, hörte das nicht auf. Giller managte für PMC einen Teil der Logistik von und nach Afghanistan. Mehr und mehr wurde er gezwungen, Container illegal zu verschieben. Nein, er wusste nicht, was seine Kameraden da hin- und herschafften, und er wollte es auch gar nicht wissen. Er hatte nur Aijdina nach Deutschland holen wollen, und er war jetzt glücklich mit ihr, zumal sie ein Kind hatten. Es erschien ihm als die einzig mögliche, richtige Lösung.

Giller besorgte gefälschte Papiere. Aber all das hatte auch viel Geld gekostet, und Giller hatte sich bei seinen Kameraden hoch verschuldet. Im Nachhinein wurde ihm klar, warum sie ihm so bereitwillig Unterstützung angeboten hatten. Er saß in einer doppelten Falle: Betrieb er ihre Transporte nicht mehr, konnte er seine Schulden nicht zurückzahlen. Ließ er sie auffliegen, flog auch der Schwindel mit Aijdina auf, und sie würde nach Afghanistan abgeschoben werden, in den sicheren Tod.

Sobald er seine Schulden abgezahlt hatte, verließ er PMC, brach jeden Kontakt zu den ehemaligen Kameraden ab und begann, sich ein neues Leben aufzubauen. Und dann kam Diren Bakthari und verwandelte die Burg, die Giller für Aijdina und sich gebaut hatte, in ein Kartenhaus.

»Was wollte Diren Bakthari von Ihnen? Hat er Sie mit dem Verschwinden dieser Frau in Verbindung gebracht?« Ich zeigte Giller das Bild, das ich von Lydia Sokolowsky hatte.

»Ja, das hat er mir auch gezeigt. Das ist seine Schwester. Er war nach Deutschland gekommen, um sie zu suchen.«

Bakthari hatte seiner Schwester vor ein paar Jahren einen Job als Übersetzerin beim Innenministerium besorgt. Sie hatte immer ein Geheimnis aus ihrer Arbeit gemacht. »Das ist alles vertraulich, was die da reden«, hatte sie gesagt. So wusste er nichts Genaues über ihre Tätigkeit. Und dann war sie eines Tages verschwunden. Sie war öfter, zum Teil auch für längere Zeit, unterwegs gewesen, aber das hatte sie immer vorher angekündigt. Nun war sie einfach weg, nicht mehr zu erreichen, und niemand, auch niemand bei ihrer Arbeit, wusste, wo sie war. Daraufhin hatte Diren Bakthari mit der Suche nach ihr begonnen. Er war ihr großer Bruder und fühlte sich verantwortlich. Er verteilte Handzettel und Vermisstenmeldungen über das Internet.

Jemand erzählte ihm von Gillers Frau Aijdina, die auch plötzlich verschwunden sei. Bakthari fand über eine Freundin von Aijdina heraus, dass Giller sie nach Deutschland gebracht hatte.

»Dann hat er meine Firmenhomepage gefunden und so meine Adresse herausbekommen. Er hat ein paarmal angerufen, aber ich konnte ihn am Telefon fast nicht verstehen und ihm nichts über seine Schwester sagen.«

»Haben Sie da nicht gleich an Ihre alten Kameraden gedacht?«

»Nein, zunächst nicht. Erst als Bakthari dann hier aufgetaucht ist. Ich hatte Angst, dass er die Pferde scheu macht und jemand rauskriegt, dass Aijdina illegal in Deutschland ist. Ich musste ihm doch irgendwas sagen.«

»Und was haben Sie ihm gesagt?«

»Dass ich Aijdina mit Hilfe von PMC rausgebracht habe und er da mal nachschauen soll.«

»Und dann haben Sie Ihre alten Freunde von PMC angerufen, und jetzt ist er dummerweise tot.«

Giller sträubte sich vehement, so sei es nicht gewesen. Klar hätte er eine Mitschuld, er hätte wissen müssen, dass Hauptmann nicht lange fackeln würde.

»Ich würde mal sagen, Giller, Ihnen klebt die Scheiße am Bein, und das stinkt. Entweder Sie haben Bakthari selbst umgebracht, damit Ruhe ist. Oder Sie haben es den anderen gesteckt, damit die für Sie die Drecksarbeit machen. Solange Ihnen dazu nichts Besseres einfällt, bleiben Sie mein Hauptverdächtiger.«

Giller sah mich hasserfüllt an und presste heraus: »So war es nicht!«

SIEBEN

Das musste ich erst einmal verdauen. Ich wollte Nadija anrufen, stellte aber fest, dass das Präsidium, Gerl, der Staatsanwalt und noch ein paar andere, mir nicht bekannte Nummern von bestimmt noch gewichtigeren Behörden gefühlte tausend Mal versucht hatten, mich zu erreichen. Ich meldete mich bei Großhans.

»Wo stecken Sie?«, brüllte er ins Telefon. »Wo ist mein Auto, und wo ist Giller?«

»Ich bin zu Hause.«

»In dem Hotel?«

»Nein, ich bin umgezogen. Kranichstraße 8.«

»In den Puff?« Aus Großhans' Stimme klang mehr Unglaube als Missbilligung.

»Äh, es ist ja nicht direkt ein –«

»Hören Sie auf, das ist jetzt egal. Beantworten Sie meine Fragen! Und dann will ich auch wissen, wo Frau Hammerschmitt ist?«

Ich musste Zeit gewinnen. Bevor Giller offiziell in die Mangel genommen wurde, musste ich rausfinden, wer noch was in der Sache zu verbergen oder zu verlieren hatte.

»Ihr Auto ist hier auf dem Parkplatz. Wo Nadija ist, weiß ich nicht. Ich habe sie heute Nacht bei ihr zu Hause abgesetzt. Giller ist hier bei mir, ich bringe ihn gleich ins Präsidium.«

»Nein, das tun Sie nicht«, kommandierte Großhans. »Wir kommen zu Ihnen.«

»Wer ist *wir*?«, fragte ich, aber die Verbindung war schon unterbrochen.

Ich hatte das bestimmte Gefühl, dass dieses »wir« nichts Gutes bedeutete.

Ich lieh mir von einem der Mädchen ihr Prepaid-Handy und rief Davids Nummer an. Nadija meldete sich.

»Alles klar?«, fragte ich und erzählte ihr kurz, was Giller ausgesagt hatte. Nadija hatte mit Aijdina gesprochen, die Aussagen deckten sich weitestgehend.

»Giller hat Bakthari nicht getötet«, sagte Nadija.

»Woher weißt du das?«, fragte ich, obwohl ich auch meine Zweifel hatte.

»Von Aijdina. Sie sagt, er war es nicht, und ich glaube ihr. Außerdem ist Bakthari erfroren. Wie hätte Giller das machen sollen?«

»Giller löst solche Probleme mit links. Außerdem hat er ein Motiv.«

»Aber es gibt noch andere, die Motive haben«, konterte Nadija.

»Okay. Wir haben nicht mehr viel Zeit, dann reißen sich andere den Fall unter den Nagel. Irgendwer ist da sehr interessiert. Lass uns die Gillers noch mal gemeinsam vornehmen.«

»Am besten kommst du her, ich bin bei einer Freundin. Ich schick dir die Daten per SMS.«

»Nadija, ich habe das Gefühl, dass wir zwischen die Fronten geraten, du solltest David in Sicherheit bringen.«

»Aijdina hat auch so was gesagt. David ist hier bei mir, ich habe ihn schon aus der Schule abgeholt. Deshalb habe ich auch sein Handy.«

»Wer könnte sich da einmischen? Ich meine, außer dem LKA, wegen der Brisanz des Mordfalls?«

»Gerl ist nicht ganz sauber, vielleicht der Militärische Abschirmdienst, geht schließlich um Afghanistan. Wenn die was zu vertuschen haben, oder PMC, die haben auf jeden Fall was zu verbergen.«

»Vielleicht auch ausländische Geheimdienste, CIA oder so, die mischen doch überall mit.«

»Kann sein«, meinte Nadija nachdenklich. »Ich schicke dir die Adresse, beeile dich.«

Ich trennte die Verbindung, holte Giller wieder aus dem Keller und fuhr mit Lydias Wagen zu der Anschrift, die mir

Nadija geschickt hatte. Auf der Bundesstraße kamen uns drei SUVs mit abgedunkelten Scheiben entgegen. MAD, Hauptmanns Leute? Wie im Film, dachte ich und war froh, schon unterwegs zu sein.

Nadijas Angaben führten mich zu einem großen, aus derbem Sandstein gemauerten Pfarrhaus in Leonberg, das neben der Kirche inmitten einer dörflich-ländlichen Idylle lag. Nadija ließ mich ein und stellte mir und Giller wenig später ihre Freundin Conny vor, die Pfarrerin.

Aijdina und der Kleine waren in der Küche bei einem späten Frühstück. Ich legte Giller Fußfesseln an, löste die Handschellen hinter seinem Rücken und machte ihn vorn am Tischbein fest, dann ließen Nadija und ich die drei allein mit Conny. Wir tauschten unsere Informationen ausführlicher aus und kehrten anschließend in die Küche zurück, Giller war ruhig und kooperativ.

Bei einem Mann wie ihm konnte man nie wissen, woran man war. Giller konnte innerhalb einer Sekunde von null auf hundertachtzig explodieren.

Wir sprachen zuerst kurz mit Aijdina und dem Jungen. Danach nahmen wir uns Giller vor. Das waren die gemütlichsten Vernehmungen aller Zeiten, jeder Kriminalist hätte eine Krise gekriegt. Wir saßen in der Küche, Conny kochte Tee, und ihre Tochter Lisa buk mit David Muffins für uns.

Nach einer Dreiviertelstunde zogen Nadija und ich uns in Connys Büro zurück. Kurz darauf kam Conny dazu.

»Wenn ihr meine Meinung hören wollt …«

Offenbar *wollte* sie, dass uns ihre Ansicht interessierte. Es konnte ja nicht schaden, die Einschätzung einer unbeteiligten, aber psychologisch und seelsorgerisch versierten Person zu hören.

»Er war es nicht, er hat nur Angst um seine Familie. Er benimmt sich seit Jahren möglichst unauffällig, immer in der Sorge, entdeckt zu werden.«

»Und?«, hakte ich nach.

»Er ist doch ziemlich gut in dem, was er tut, oder?«, fragte Conny.

»Nach allem, was wir wissen hat er was drauf, ja.«

»Na, also«, triumphierte Conny. »Wenn Giller den Mann umgebracht hätte, hätte er alles daran gesetzt, seine Familie zu schützen, ihr hättet die Leiche nie gefunden.«

»Und warum haben wir sie gefunden?«, fragte ich.

»Weil die, die ihn dahin gelegt haben, dachten, sie könnten sich darauf verlassen, dass die Leiche ganz offiziell problemlos entsorgt wird«, sagte Nadija.

»Gerl?«

Nadija nickte. »Sobald wir's beweisen können, ist er dran.«

Ihre Stimme verriet, was sie von ihrem Kollegen hielt.

Auf jeden Fall war Connys Logik bestechend. Conny, Nadija und ich gingen zurück in die Küche, wo wir die Gillers friedlich am Tisch sitzend fanden. Der Kleine war gerade dabei, die Teigschüssel auszuschlecken.

»Okay, Giller, gehen wir mal davon aus, dass Sie es nicht waren – wer war es dann?« Nadija wollte endlich weiterkommen.

Eine Vermutung hatten wir natürlich, wer noch ein Interesse an dem Fall und Giller hatte, auch wenn dieser bisher niemanden beschuldigt hatte.

»Sie hätten mir nicht geglaubt. Aber wenn Sie annehmen, dass ich es nicht war, liegt es doch wohl auf der Hand. PMC oder Leute bei PMC, allen voran Walter. Ich meine Walter Hauptmann, der war von Anfang an mit dabei.«

»Also PMC oder Hauptmann mit so und so vielen Bundesgenossen hat Baktharis Mädchen auf die gleiche Art hergeholt wie Sie Ihre Frau. Bakthari will sie zurückhaben, und die stecken ihn in den Kühlschrank?« Ich war skeptisch. »Warum sollten die das tun?«

Giller überlegte einen Moment. »Nur wegen einem Mädchen wäre das nicht passiert. Wenn jemand bei PMC dahintersteckt, ist das eine viel größere Nummer. Erst recht, wenn Peter Manakov selbst Bescheid weiß.«

»Gut«, sagte Nadija. »Dann müssen wir zu PMC rein. Ich rufe Großhans an, der muss uns einen Durchsuchungsbeschluss beschaffen, möglichst schnell, damit die nicht inzwischen in aller Seelenruhe alles beiseiteschaffen.«

»Bei dem Offizierskasino gibt es ein Kühlhaus«, sagte Giller. »Aber das wird sicher klinisch rein sein.«

»Das wäre immerhin auch ein Indiz. Dummerweise werden wir keinen Durchsuchungsbeschluss bekommen. Mir scheint, PMC hat einen langen Arm. Ich würde wetten, die Leute, die Großhans mitbringen wollte, waren vom Militärischen Abschirmdienst. Zumindest sahen die SUVs, die uns entgegenkamen, nicht aus wie vom LKA.«

»Es ist sowieso besser«, sagte Giller, »wenn Sie sich erst eine Genehmigung von Manakov holen. Den interessieren Durchsuchungsbeschlüsse nur begrenzt. Wenn Sie ihm ans Bein pinkeln, ist er sauer, der nimmt so was persönlich. Sie dürfen nicht vergessen, Manakov ist ein russischer Oligarch, der innerhalb weniger Jahre ein weltweit agierendes Milliardenunternehmen aufgebaut hat. Er hat nahezu unbegrenzt Geld zur Verfügung, außerdem auch jede Menge Kontakte. Bei PMC arbeiten etwa zwanzigtausend militärische Spezialisten und ehemalige Geheimdienstler. Manakov holt nur die Besten der Besten.«

»Und wenn er mir keine Genehmigung gibt?«, fragte ich.

»Wenn er Ihnen eine gibt, können Sie ohne Durchsuchungsbeschluss rein. Wenn er Ihnen keine gibt, steckt er entweder selbst mit drin oder kann Sie einfach nicht leiden. In beiden Fällen wäre es besser für Sie, Sie gehen in Rente.«

Nachdem Giller über einige seiner alten Kollegen herausbekommen hatte, dass Manakov in New York war, wo die PMC ihren Hauptsitz hatte, buchte Nadija mir einen Flug.

»Der Nächste geht ab Frankfurt, mit Lufthansa, in vier Stunden. Kostet aber tausendzweihundert …«

Ich reichte ihr die Kreditkarte einer New Yorker Bank.

»Das ist nicht deine«, stellte Nadija erstaunt fest.

»Doch, schon. Es steht nur nicht mein Name drauf.«

In ihren Augen leuchteten die Fragezeichen. Sicher würde ich ihr irgendwann die Erklärung liefern müssen, doch jetzt machte sie ihren Job, ohne zu fragen.

Ich nahm Connys alten Golf für die Fahrt nach Frankfurt, die anderen Autos versteckten wir in der Garage und auf dem Hof.

In der Flughafenapotheke fragte ich nach einem Mittel, das mich gut schlafen und dann wieder hellwach werden ließ.

»Das kann ich Ihnen nicht so geben«, sagte der Mann im weißen Kittel.

Ich legte einen Hundert-Euro-Schein auf die Theke.

»Entschuldigen Sie, ich wusste nicht, dass Sie ein Rezept haben.«

»Für Hin- und Rückflug bitte.«

Der Mann nickte und erschien nach kurzer Zeit mit einem weißen Papiertütchen. »Die Weißen, wenn Sie auf Ihrem Platz sitzen, die kleinen Blauen eine halbe Stunde, bevor Sie landen.«

Ich nickte und wandte mich zum Gehen.

»Lassen Sie sich wecken!«, rief er mir noch hinterher.

Gut zehn Stunden später stand ich, frisch wie der junge Morgen, in der Empfangshalle des PMC-Buildings in Manhattan. Durch die Absperrung mit Drehkreuzen und Metalldetektoren kam nur, wer sich an dem mit fünf überaus attraktiven Mitarbeiterinnen besetzten Empfang angemeldet hatte.

Ich legte meinen Dienstausweis auf den Tisch. »Ich möchte zu Peter Manakov.«

Weiße Zähne und große Augen strahlten mich an. »Haben Sie einen Termin?« Natürlich wusste sie, dass ich keinen Termin hatte.

»Was denken Sie, wie schnell ich einen Termin bekommen könnte?«

Sie sah mich ein wenig, ein ganz klein wenig mitleidig an.

»Ich meine«, fuhr ich fort, »wenn es für Ihren Chef richtig wichtig wäre? Und wenn ich richtig wichtig sage, meine ich: richtig, *richtig* wichtig.«

»Dann würden Sie natürlich sofort einen Termin bekommen.« Sie schmunzelte zu ihrer Kollegin hinüber und wurde dann sehr ernst, was ihrer Attraktivität nicht guttat. »Für nächsten Monat, vielleicht.«

»Okay«, ich grinste sie extra freundlich an, »dann sagen Sie Ihrem Chef oder seinem Adjutanten oder irgendeinem Lakaien, der glaubt, etwas zu sagen zu haben, bitte Folgendes: Herr Manakovs geschätzter Mitarbeiter Walter Hauptmann aus Friederichsburg hat sowohl den Kopf in der Schlinge als auch den Finger am Abzug. Was eine verzwickte Situation impliziert, die, je nachdem wie Herrn Manakovs Kooperation ausfällt, die Interessen von PMC mehr als nur tangieren kann. Insbesondere, was zukünftige Entscheidungen von Herrn Staatssekretär Obermayer angeht, der, wie Sie vermutlich nicht wissen, unter anderem die Auftragserteilung der Bundesrepublik Deutschland an PMC regelt.«

Nadija hatte zum Glück nicht geschlafen, sondern mich mit den nötigen Informationen versorgt.

Das Lächeln der Empfangsdame war, in einer frostigen Version, zurückgekehrt. Sie wählte eine Nummer und gab meine Information sinngemäß weiter. Dann wartete sie einen Moment, hörte einer durch den Hörer hart klingenden Stimme zu, ließ ihre eine Hand unter den Tresen gleiten und bat mich, scheißfreundlich und wortreich, um etwas Geduld.

Ich steckte meinen Ausweis ein, bedankte mich zynisch und eilte zum Ausgang. Hinter mir beschleunigten drei Wachmänner, die aussahen wie die Defense der New York Giants, ihre Schritte.

So was Ähnliches hatte ich erwartet; ohne Anmeldung kommt einfach keiner zum Chef eines so großen Unternehmens wie PMC. Aber ich wollte nicht durch die Hintertür, ohne es an der Vordertür zumindest versucht zu haben. Nun gut, das hatte nicht geklappt, also auf zur Hintertür.

Gerade als die Wachleute aus dem Haus kamen, stieg ich in ein Taxi und sagte laut genug, dass sie es hören konnten: »Zum Kennedy Airport!«

Ich stieg aber drei Ecken weiter wieder aus und ging zur Rückseite des PMC-Gebäudes. An der Einfahrt zur Tiefgarage wartete ich, bis ein älterer Wagen in die Garage abbog. Ich klopfte an die Scheibe: »Hi, ich will zu meinem Wagen. Können Sie mich mitnehmen? Er müsste in der dritten Ebene stehen.« War improvisiert, aber gut genug.

Der ältere Vietnamese gehörte zum Reinigungspersonal. Er war sehr hilfsbereit und meinte, das sei zu Fuß wirklich ein weiter Weg.

So gelangte ich in eines der Treppenhäuser, die zum Glück nicht kameraüberwacht waren, und stieg zehn Etagen höher.

Frechheit siegt, dachte ich, ging zum nächsten Aufzug und fuhr in die oberste Etage.

Vor der Aufzugtür stand ein Wachmann. Er hatte eine Hand auf der Pistole an seinem Gürtel ruhen. Ich grüßte ihn freundlich und ging forsch an ihm vorbei. Im letzten Moment riss ich meinen rechten Arm hoch und zog eine Clothesline durch, die ihn aus den Schuhen hob. Er krachte auf den Rücken und blieb bewusstlos liegen, die Hand immer noch auf der Pistole. Ich nahm sie ihm ab. Gegenüber war ein anderer Aufzug, der vermutlich direkt ins Penthouse führte. Bei dem Fingerabdruckscanner des Aufzugs half mir der Bewusstlose, unfreiwillig, versteht sich.

Mich empfing ein einziger großer Raum mit Fenstern an drei Seiten. Mindestens acht Männer und Frauen sahen mich fragend an, einige davon offensichtlich Bodyguards. Bevor ihre Schrecksekunden, die bestimmt überdurchschnittlich kurz waren, vorüber waren, feuerte ich mit meiner neuen Pistole zweimal in die Decke. »Niemand rührt sich!«

Es erfreut mich immer wieder, wie sehr ein überraschendes, entschlossenes Auftreten selbst erfahrene Gegner einschüchtert.

Manakov saß hinter seinem sehr eleganten Schreibtisch, vor dem großartigsten Panorama, das ich je gesehen hatte. Er sagte auf Russisch: »Wie kommt der Mann hier rein?«

Ich ging, auf ihn zielend, geradewegs auf ihn zu. Wasilij, mein erster Boxlehrer, war Russe gewesen. Er und drei Jahre Undercover-Ermittlungen gegen die russische Mafia hatten mich in die Lage versetzt, Manakov ebenfalls auf Russisch anzusprechen. »Herr Manakov, mein erster Schuss gilt Ihnen, wenn hier auch nur einer mit der Wimper zuckt. Bitten Sie Ihre Mitarbeiter um die gebotene Umsicht. Ich frage nicht, ich zögere nicht, ich schieße!«

Er nickte zwei seiner Mitarbeiter ganz leicht zu. In den Augenwinkeln sah ich, wie sie sich ein wenig zurücknahmen, aber in etwa das Aggressionspotenzial eines hungrigen Tigers beibehielten. Als ich direkt vor Peter Manakov stand, legte ich die Pistole so vor ihm auf den Tisch, dass er sie hätte ergreifen können, und sagte: »Mein Name ist Carl Christopher Moderski, ich komme von der Polizei in Friederichsburg und muss mit Ihnen reden. Es ist leider sehr schwer, einen Termin bei Ihnen zu bekommen.«

»Mir scheint«, sagte Manakov auf Deutsch und begutachtete spielerisch die Pistole, »ich habe die deutsche Polizei bisher unterschätzt.« Er reichte die Waffe einem der Tigertypen. »Gib sie Eddy wieder, er wird sie vermissen, wenn er aufwacht. Er wird doch wieder aufwachen, oder?«, fragte er mich.

»Sicher. Können wir uns allein unterhalten? Ihre Leute machen mich nervös.«

Er schickte seine Mitarbeiter weg und ließ uns Getränke an einer Sitzgruppe servieren, die so nahe an einem bodentiefen Fenstereck stand, dass mir fast schwindelig wurde.

»Von welcher Spezialeinheit sind Sie doch gleich?«

»Ich bin von der Kriminalpolizei Friederichsburg, aber ich denke, das wissen Sie bereits. Und wenn Ihr Laden ein bisschen was taugt, wissen Sie auch, dass in Friederichsburg, immerhin einem Ihrer Standorte, unlängst eine Leiche gefunden wurde. Wir bringen PMC mit dem Mord in Verbindung.«

»Ich habe davon gehört, aber ich habe auch gehört, Sie hätten den Verdächtigen schon.«

»Einige Leute wollen, dass andere Leute jemanden Bestimmten für den Mörder halten – die Frage ist: Gehören Sie zu der ersten oder der zweiten Gruppe?«

Wir unterhielten uns einen Drink lang. Als ich unsere Vermutung äußerte, dass es um Menschenhandel im großen Stil gehen könnte, reagierte Manakow geradezu emotional.

»Ich war in Afghanistan damit konfrontiert. Frauen gegen Waffen, oft sehr junge Frauen. Eines der nicht so schönen Gesichter des Krieges.«

»Hat Krieg schöne Gesichter?«

»Sie sind kein Soldat, oder?«

»Sie meinen Kampflust, Kameradschaft, Machtgefühle und solche Sachen?«

»Auch.«

»Was passierte mit den Frauen?«

»Das ist doch keine Vergangenheit. Es ist lange her, dass ich in Afghanistan war, aber so was passiert noch immer, jederzeit, heute. Es ist Gegenwart.« Nach einer kleinen Unterbrechung, bei der er die in seinem Glas kreisenden Eiswürfel beobachtete, beantwortete er meine Frage: »Sie sterben. Oder kriegen Kinder oder bleiben ein kurzes Leben lang Sklaven oder heiraten und bleiben trotzdem Sklaven. Manche kommen wieder nach Hause, aber das ist auch kein Glück.«

Nein, Manakov war kein Menschenhändler.

Nach unserem Gespräch brachte Manakov mich persönlich in die Lobby, weil ich die Befürchtung geäußert hatte, dass drei bestimmte Wachmänner mein Gesicht mit negativem Vorzeichen abgespeichert haben könnten. Wenn ich ehrlich war, wollte ich nur das Gesicht der arroganten Schönheit am Empfang sehen, wenn ich mich von ihm verabschiedete.

Also nahm ich ihn zum Abschied herzlich in den Arm, was ihm vielleicht etwas befremdlich vorkam, mir aber die Möglichkeit bot, der besagten Empfangsdame über Manakovs Schulter hinweg zuzuzwinkern. Ihr Gesicht allein war die Reise nach New York wert gewesen.

Manakov hatte mir ein Upgrade auf meinen Flug spendiert, was mich zuerst sehr freute, was ich später aber bereute, weil ich mich durch den unverhofften Luxus, erster Klasse fliegen zu können, dazu verleiten ließ, den sehr exzellenten First-Class-Cognac zu probieren. Dann nahm ich meine zweite weiße Pille und schlief auch sofort wie abgeschaltet ein. Aber offensichtlich tat mir der Chemiecocktail in meinem Blut, aus blauer Pille, Alkohol und einer weiteren weißen Pille, nicht gut. Ich schlief anders als auf dem Hinflug sehr unruhig, sodass die Stewardess mich weckte und sich nach meinem Befinden erkundigte. Ich bat sie um einen zweiten Cognac. Ihre missbilligende und gleichzeitig besorgte Miene hätte mich warnen sollen, tat es aber nicht. Stattdessen trank ich den edlen Tropfen ohne Genuss und stürzte danach direkt in das Inferno meiner Erinnerungen.

Ich liege in dem Gang, der kaum breiter ist als meine Schultern und dessen Decke ich mit der Hand erreichen kann. Es ist vollkommen dunkel, bis ich vor mir das Rechteck wahrnehme, es ist genauso hoch, aber deutlich schmaler als der Gang, in dem ich liege. Ich kenne dieses Rechteck aus tausend schrecklichen Träumen und einem noch viel schrecklicherem Augenblick. Ich weiß, hinter mir ragen meine Füße aus dem Kanal, jeden Moment könnte einer der Feinde mich entdecken und an den Füßen herauszerren oder mir gleich mit einer Salve aus seinem Sturmgewehr den Garaus machen. Vor mir die schmale Öffnung, durch die gerade mal mein Kopf und einer meiner Arme passen würden, und meine Kinder, die im bodenlosen Wasser des Schachts um ihr Leben strampeln und schreien.

Noch ist mein Traum tonlos, nur das Flackern des spärlichen Lichtes, das von dem aufgewühlten Wasser an die Schachtwände reflektiert wird wie an eine verschmierte, traurig graue Leinwand, brennt das surreale, Licht gewordene Abbild eines Todeskampfes auf meine Netzhaut und für alle Zeiten in mein Gehirn.

Das Bild ist unerträglich, und ich will schreien, doch ich darf nicht, weil ich sonst unweigerlich entdeckt werde. Und dann dreht jemand den Ton auf: »Papa, Papa, Papa ...!« Die Schreie meiner Kinder und das Platschen des Wassers und der tausendfache Wiederhall, im Hintergrund die Kommandos und Zurufe der Männer, die mich suchen, und das Lachen desjenigen, der meine Kinder in den Schacht geworfen hatte.

Ich robbe vorwärts. Mein Gürtel verhakt sich an einer vorstehenden Armierung. Ich komme nicht weiter und nicht wieder zurück. Ich beiße mir in die Hand, um nicht vor Wut und Verzweiflung aufzuheulen, bis mir die Tränen kommen. Oder weine ich um meine Kinder? Hastig suche ich nach dem Widerstand, löse ihn. Ich schiebe mich weiter, strecke mich, strecke meine Hand, so weit ich kann, bis durch die Öffnung. Der kalte Griff einer Kinderhand. Ich weiß nicht mal, ob es Kais oder Julians Finger sind. Sie rutschen ab, sie sind zu feucht. Ich muss weiter vor. Mein Kopf droht sich zu verklemmen. Meine Schultern verkrampfen. Ich schreie, ohne zu schreien, und ich weine vor Verzweiflung, aber da ist eine Wand, die ich nicht durchdringen kann, die mich keinen Millimeter mehr weiterkriechen lässt.

Meine Angst. Meine Angst, in der Enge des Dunkels stecken zu bleiben. Die Last der Mauern, der Erde und des Gebäudes über mir sind in jede Pore meines elenden schwachen

Körpers gedrungen. Zurück, zurück, ich muss zurück, raus aus diesem Grab. Fieberhaft kämpfe ich um jeden Zentimeter. Zerreiße mir Hemd und Haut an rostigem Draht, schürfe rücksichtslos über Dreck und Beton.

Die verzweifelten Schreie meiner Kinder werden leiser, und mir bleibt nur noch eins: Ich muss jeden töten, der mich davon abhält, sie aus dem Schacht zu retten.

Der erste Mann hat bald ein Loch im Wangenknochen unter seinem linken Auge, Blut spritzt an die Wand hinter ihm.

Ein Kerl mit geschwärztem Gesicht schießt einhändig mit einer Maschinenpistole. Der Rückstoß zieht die Feuerlinie nach oben. Ich lasse mich fallen und drücke dreimal ab. Drei Treffer, der Feind hört auf zu schießen und fällt um.

Den hinter dem Tisch erwische ich mit einer Reihe von fünf Schüssen durch die Holzplatte, seine Hand mit der Skorpion 61 kracht schlaff auf den Boden.

Noch einer im Kampfanzug mit Sturmgewehr. Einer seiner Schüsse streift meine Schulter. Drei Schüsse in seinen Unterbauch, dahin, wo die Kevlarweste aufhört. Er stirbt schon, feuert aber immer noch, bis das Magazin leer ist, dann fällt er um. Er hat mich noch mal erwischt, an der Wade.

Ich habe zwölf Mal geschossen, neues Magazin, fünfzehn Schuss und einer in der Kammer. Irgendwo im Dunkeln sind noch zwei – und meine Kinder.

Der eine steht fast über mir, als er um die Ecke kommt. Er reißt die Waffe runter. Ich liege am Boden und reiße die Waffe hoch. Ich bin schneller.

Der letzte steht am Schacht, hält seine MP rein und schreit: »Ich knall deine Kinder ab! Komm raus oder ich knall sie ab.«

Noch leben sie also. Meine Schüsse treffen ihn am Hals und in den Kopf.

Ich will zum Schacht, aber da ist doch noch einer. Wo kommt der denn jetzt her? Er ist versteckt in dem Gang, hält einhändig eine Kalaschnikow um die Ecke in meine

Richtung und feuert. Ich warte, bis das Magazin leer ist, dann springe ich auf und schieße zurück. Ein Blitz blendet mich und holt mich von den Beinen. Etwas beißt in meine Schulter, ich krache hart gegen eine Wand oder auf den Boden, keine Ahnung.

Das Licht ist aus.

Ein Mann beugte sich über mich und fühlte meinen Puls. Die erste Klasse war geräumt worden, bis auf ihn, zwei Stewardessen und einen Flugkapitän. Sie redeten, aber ich bekam irgendwie nichts mit, als würde mein Verstand noch schlafen. Ich wollte meine blaue Pille nehmen.

Der Mann fragte mit einer Stimme, die wie Meeresbrandung an- und abschwoll: »Wer hat Ihnen das denn gegeben? Die nehmen Sie jetzt besser nicht. Bleiben Sie ruhig. Wir landen in einer halben Stunde, dann bringen wir Sie erst mal ins Krankenhaus.«

Ich steckte die Pille wieder ein, wollte protestieren, aber ich dämmerte schon wieder weg. Ich hörte den Mann noch: »Er ist jetzt stabil, ich denke, das Schlimmste ...«

Nach der Landung wurde ich in einen Rollstuhl gesetzt. Ein Sanitäter schob mich an neugierig und grimmig schauenden Menschen vorbei, den Passagieren der ersten Klasse. Nachdem wir durch die Sicherheitskontrolle gewunken worden waren, sagte ich: »Stopp mal!«, zeigte ihm meinen Dienstausweis, stand auf, griff mein Handgepäck und ging davon mit den Worten: »Danke, Kumpel, ich muss los, dringender Fall!«

Dieser Teil des Flughafens schaukelte und schlingerte wie ein Schiff bei Sturm. Als ich um die Ecke war, musste ich kotzen. Danach ging es etwas besser.

ACHT

Wie ich zurück nach Friederichsburg gekommen war, wusste ich nicht, vermutlich sehr vorsichtig. Connys Auto war auf jeden Fall noch unversehrt, als ich es auf dem Waldweg in der Nähe des Fundortes abstellte.

Was ich hier wollte und warum ich nicht nach Leonberg gefahren war, wusste ich auch nicht. Ich sah mich um, ließ meinen Blick durch den Wald schweifen, verharrte kurz auf der Fundstelle, die jetzt verlassen und völlig unauffällig war, bis mir ganz am Rande meines Blickfeldes der Zaun zum PMC-Gelände auffiel. Ich machte ein paar Übungen, um mich frisch zu machen und aufzulockern, dann rief ich Nadija an.

»Hi, wie sieht es aus bei euch?«

»Gut, wo steckst du?«

»Ich bin wieder zurück, ich geh jetzt bei PMC rein. Ich will wissen, was da los ist.«

»Bist du verrückt? Mach keinen Alleingang, du weißt, wie gefährlich das ist.«

»Ich hab eine Genehmigung von Manakov und eine Anweisung an seine Leute zur absoluten Kooperation.«

»Das nutzt dir auch nichts, wenn du tot bist.«

»So schnell sterbe ich nicht. Ich passe auf, aber ich geh da jetzt rein. Und du bleibst bei Giller und den Kindern.«

Die Kinder erwähnte ich nur, weil ich Nadija nicht noch einmal in Gefahr bringen wollte.

Es hatte wohl gewirkt, sie sagte: »Okay, hör zu. Ich habe inzwischen Informationen über die Schwester von Bakthari, die von der Kopie. Ihr Name ist Rayana Bakthari. Laut Auswärtigem Amt ist sie Übersetzerin im Innenministerium von Afghanistan, sie spricht fließend Englisch, gut Deutsch, die afghanischen Sprachen Dari und Pashto sowie verschiedene Dialekte, außerdem das pakistanische Urdu und ein wenig

Russisch. Sie ist ein Juwel, das wirst du besonders verstehen, wenn du Bilder von ihr siehst. Ich schick dir einen Dropbox-Link und noch mehr Info. Carl, sieh dir das Material an, überleg es dir noch mal und sei vorsichtig. Bitte.«

Ich setzte mich auf den Rücksitz von Connys Auto, schob den Beifahrersitz vor, damit ich mehr Platz hatte, und aktivierte die mobilen Daten auf meinem Smartphone.

Das unscharfe schwarz-weiße Bild auf der Kopie hatte mich schon angesprochen wie die Mona Lisa. Das erstaunlicherweise nicht erstarrte Abbild einer universalen Schönheit, die mehr war als eins von vielen hübschen Mädchen. Wer war diese Frau, für die Diren Bakthari um die Welt gereist und schließlich in den Tod gegangen war? In der Dropbox waren mehrere Fotos von Rayana Bakthari, vom Auswärtigen Amt freundlicherweise schon kommentiert: »Beim Treffen des Außenministers mit dem Innenminister Afghanistans«. Rayana trug ein schlichtes traditionelles Gewand mit Kopftuch, sie war größer als ihr Minister und stellte ihn auch durch ihre Körperhaltung in den Schatten. Es wirkte, als erkläre sie den Ministern etwas. Beide Männer konzentrierten sich auf die junge Frau.

Auf dem nächsten Bild trug Rayana Bakthari sportliche, fast militärische Garderobe. Sie stand etwas abseits und unterhielt sich mit einem Soldaten. »Die Minister bei dem GPPT-Programm zur Ausbildung von Polizei und Sicherheitskräften«, las ich unter dem Foto. Ein anderes Bild zeigte sie bei einem Empfang in westlicher Abendgarderobe. Ich vergrößerte das Bild, bis es pixelig wurde – sie war ohne Zweifel die schönste Frau des Abends. Sie schien eine Wirkung zu haben, die den ganzen Raum erfüllte, eine Vielzahl von Blicken war auf sie gerichtet. Noch ein paar Fotos, bei denen sie mehr am Rande zu sehen war, trotzdem hatte sie jedes Mal eine überdurchschnittliche Wirkung.

Hatte sie diese Wirkung nur auf mich?

Offensichtlich nicht, sonst hätte Nadija nicht explizit auf die Bilder hingewiesen.

Ich schloss die Augen, um mein Bild von ihr zu überprüfen. Sie lächelte mich an, wie sie auf der Kopie lächelte, dezent, aber von innen her fröhlich.

Verdammte Scheiße, dachte ich, diese Frau ist eine unschuldige Venusfliegenfalle, und ich klebe schon an ihrem Leim.

Nadijas Informationen führten mich auf eine Seite von Diren Bakthari, mit der er seine Schwester gesucht hatte. Ein paar Fotos aus früheren Jahren, von der Uni, als Aktivistin bei einer Demo, Informationen über ihre Tätigkeiten und wo sie zuletzt aktiv war und gesehen wurde. Bakthari hatte ihr den Job im Innenministerium verschafft, seiner kleinen Schwester, die schon bald erfolgreicher war als er. Trotzdem fühlte er sich verantwortlich, als hätte ihr Verschwinden etwas mit dem Job zu tun.

Mir kam ein Gedanke, ich rief Nadija noch mal an. »Hi, kannst du was recherchieren?«

»Ich übe gerade Lesen mit David. Solange das mit dem Lesen nicht besser wird, nutzt ihm auch das Rechnen nichts, er hat alle Textaufgaben verhauen.«

Ich hatte mir schon Gedanken um Davids Lesekunst gemacht, aber jetzt hatte ich keinen Kopf dafür. »Da fällt uns schon noch was ein. Jetzt musst du für mich rauskriegen, worum es bei den Gesprächen mit dem Außenminister ging, ich meine die, bei denen Rayana Bakthari dabei war. Und wenn du zu den anderen Fotos auch was findest, noch besser.«

»Was? Wie soll ich das denn machen?«

»Frag den Außenminister, der wird ja wohl noch wissen, worüber er mit so einer Frau gesprochen hat. Du machst das schon.«

Sie lachte spöttisch. »Und du wirst da reingehen?«

»Klar, wenn ich eine Lücke im Zaun finde.«

»Ihr Männer seid alle gleich, für eine schöne Frau vergesst ihr jede Vorsicht.«

»Ich würde es auch für dich tun.«

»Klar.« In diesem einen Wort lagen Unglaube und Freude nahe beieinander.

Ich folgte dem Zaun um das PMC-Gelände vom Tor in der Nähe des Fundortes aus, einige hundert Meter in jede Richtung. Die Kamera, die das Eingangstor überwachte, traf ich mit dem zweiten Stock, den ich in ihre Richtung warf. Sie war vermutlich nicht kaputt, aber zeigte jetzt einen uninteressanten Bereich. Vielleicht konnten sie so besser Kaninchen beobachten. Zum normalen Schloss war das Tor zusätzlich mit einer Kette und einem Vorhängeschloss gesichert. Ich knackte beide in zwei Minuten, schlüpfte hindurch und verriegelte das Tor notdürftig wieder. Ich wich der verstellten Kamera aus und schlich auf das Offizierskasino zu, wo ich mit meiner Suche beginnen wollte.

Im Müllcontainer fotografierte ich einige Futterdosen, die mit denen übereinstimmten, die wir beim Toten gefunden hatten. Musste nichts heißen, aber wer wusste das schon? Wo es Hundefutter gab, gab es auch Hunde. Hunde, die jeden Moment meine Witterung aufnehmen konnten. Ich schlich durch einen Seiteneingang in die Wirtschaftsräume und warf von dort einen Blick ins Kasino, darin waren nur wenige Leute. Die Küche war nicht besetzt, so konnte ich ins Kühlhaus schauen. Alles war ordentlich und aufgeräumt. Es hatte eine elektronische Steuerung, vielleicht konnten Fachleute am Verlauf der Temperaturaufzeichnung etwas erkennen, das auf Baktharis Anwesenheit im Raum schließen ließ. Ich schickte eine Nachricht an Nadija, zur Erinnerung. Weitere Hinweise fand ich nicht.

Ich hörte Hundegebell, und mir sträubten sich die Nackenhaare. Jeden Moment erwartete ich, sie um die Ecke kommen zu sehen. Aber das Gebell kam nicht näher und war auch ziemlich weit weg. Die sind im Zwinger, dachte ich. Trotzdem besser nicht zu nah rangehen. In die andere Richtung fiel mir niedergetretenes Gras auf. Ein Trampelpfad, der öfter benutzt wurde. Ich folgte ihm zu einem bunkerähnlichen Bau. Er war zur Hälfte in der Erde vergraben, in Richtung des Tals waren flache, inzwischen trübe Panzerglasfenster zur Beobachtung eingefügt. Allerdings waren die Büsche und Bäume davor jetzt so hoch, dass man ohnehin nichts mehr beobachten konnte. Von hinten führte ein schachtartiger Gang zur Eingangstür aus Stahl, sie ließ sich von innen und außen verriegeln, hatte aber kein Schloss. Durch die Fenster konnte ich nichts erkennen, weil hinter den trüben Scheiben Tücher gespannt waren.

Nachdem ich den Eingang und die Umgebung eine Weile gescannt hatte, drang ich in das Gebäude ein. Ein feuchter Zementgeruch umfing mich, der mir unangenehm war. Von dem Flur, der vor mir lag, gingen auf jeder Seite zwei Räume ab. Diese waren fast leer, in einem gab es Pritschen, im anderen einen Tisch mit Stühlen sowie eine provisorische Kaffeeküche. Am Ende des Ganges war eine ähnliche Stahltür wie am Eingang, mit einem kleinen vergitterten Fenster und einem Vorhängeschloss. Ich legte mein Ohr daran.

Da war jemand in dem Raum dahinter, ich hörte verängstigtes Wispern. Vorsichtig klopfte ich. Das Wispern erstarb. Ich klopfte erneut, das Ohr hatte ich an das Blech gelehnt. Irgendetwas krachte dagegen und dröhnte in meinen Gehörgängen, deshalb verstand ich zuerst nicht, was gerufen wurde. Erst beim zweiten Mal.

»Geht weg, verschwindet!«

Ich lief zur Eingangstür und sah mich draußen um. Alles war ruhig. Wieder an der Tür rief ich gedämpft: »Rayana Bakthari? Ich möchte mit Rayana Bakthari sprechen!«

Es dauerte eine Weile, bis jemand am Fenster erschien und es öffnete. Ein Gesicht mit großen dunklen Augen sah mich stumm an. Ich erkannte sie sofort, selbst hinter den Gitterstäben nach vermutlich wochenlanger Gefangenschaft wirkte sie selbstbewusst und herausfordernd.

»Sind Sie Rayana Bakthari?« Sie sah mich unverändert an. Ich hielt meinen Polizeiausweis hin. »Ich bin Carl Christopher Moderski, von der hiesigen Kriminalpolizei.«

»Warum kommen Sie erst jetzt?«

»Wir wussten nicht, dass Sie hier sind.«

»Hat mein Bruder Ihnen das nicht gesagt?«

Sie war erschüttert, was ich aber nur an einem kurzen Zucken in ihrem Gesicht erkannte.

»Nein. Woher wusste Ihr Bruder, dass Sie hier sind? War er hier?«

»Warum hat er Ihnen nichts gesagt? Haben Sie ihn gesehen?« Sie wurde misstrauisch. »Wie sieht er aus?«

Ich wusste nicht, ob ich es ihr sagen sollte. Noch weniger wusste ich, *wie* ich es ihr sagen sollte. Ich hatte aber auch keine Zeit. Mit jedem Augenblick, den ich länger blieb, stieg das Risiko, entdeckt zu werden. Also sagte ich es auf einfache, direkte Art: »Frau Bakthari, es tut mir leid, Ihr Bruder ist tot.«

Ihr Gesicht verschwand kurz aus dem kleinen Fenster. Als es wieder auftauchte, bebten ihre zusammengepressten Lippen, und aus ihren wässrig glänzenden Augen leuchtete Hass.

»Ich ermittele in seinem Mordfall, deshalb bin ich hier. Ich kann Sie hier rausholen.«

Sofort blaffte sie mich an: »Nein! Das geht nicht. Ich bin hier nicht allein, da sind noch acht andere.«

Ich versuchte, an ihr vorbeizuspähen, erkannte aber nur undeutlich im Dunkeln kauernde Gestalten.

Sie hatte recht. Es war schwer genug, allein hereinzukommen, zu zweit wieder heraus wäre sicher nicht einfacher. Mit einem ganzen Tross verängstigter, geschwächter Mädchen war es unmöglich. Ich wollte sie hier nicht zurücklassen. »Kommen Sie mit, die anderen holen wir später.«

»Nein. Wenn die sehen, dass die Tür aufgebrochen wurde, werden sie alle hier töten oder sofort wegschaffen. Dann werden Sie die Mörder nicht fassen. Sie müssen jetzt gehen, um Verstärkung zu holen.«

Ich nickte, aber bevor ich mich abwandte, machte ich mit meinem Handy noch ein Foto durch das Gitter, das leider nicht an Nadija rausging, weil ich keinen Empfang hatte. »Gut, ich komme wieder.«

Sie atmete schwer. »Das hat mein Bruder auch gesagt.« Ihre Verzweiflung war größer, als ein Mensch ertragen kann. Ihre Verzweiflung darüber, dass ihr Bruder um ihretwillen getötet worden war, über alles, was sie bis jetzt erlitten hatte und noch erleiden würde. Und da war die Hoffnungslosigkeit der Gefangenen, denn für sie war es eine Gewissheit, dass ich, wie ihr Bruder, sterben würde. Keine Hilfe. Das Martyrium würde weitergehen. Dies, wurde mir bewusst, war kein Wartesaal für den nächsten Weitertransport. Dies war ein Trainingscamp, hier wurden sie für ihre Aufgaben präpariert. Sonst wären sie sicher nicht so lange an diesem Ort geblieben. Als ich mich zurückzog, nahm ich mir die Zeit, Fotos für Nadija von den anderen Räumen zu machen. Ein aufgerollter Schlauch hinter der Tür des Waschraumes. Gegenüber an der Wand eine helle Fläche, wo das Wasser an den sich windenden Frauen vorbei an die Wand geschlagen war. Warum war in dem Raum mit den Pritschen eines der eisernen Bettgestelle geerdet? Ein Transformator mit Spannungsregler beantwortete die Frage. An manchen Stellen ließen Haken und Eisenringe, an Decke, Wänden und im Fußboden, der Phantasie nur wenig Spielraum. Die dazugehörigen Seile und Ketten lagen in den Ecken, zerrissene Frauenkleidung. Da waren noch mehr, subtilere Hinweise, aber ich hatte dafür keine Zeit.

Ich machte einen großen Bogen um die Einrichtungen von PMC und schlich durch das Unterholz zum Hintereingang. Beinahe wäre ich einem Drei-Mann-Trupp in die Arme gelaufen, der die verstellte Kamera wieder in Position brachte. Hatten sie mein Eindringen bemerkt? Ich beobachtete sie aus einem Versteck heraus und erwog, ob ich mich mit Manakovs Freibrief zu erkennen geben sollte.

Ein größerer Trupp, der den Bereich hinter dem Zaun absuchte, kam bedrohlich näher. Die Männer wirkten entschlossen und waren bewaffnet. Ich fürchtete, dass sie schneller schießen als lesen würden. Deshalb zog ich mich immer weiter zurück, denn nach rechts konnte ich nicht ausweichen, weil da der Zaun war. Und nach links war das Gelände zu offen. Ich versuchte, einen möglichst großen Abstand zu den Suchenden zu bekommen. Plötzlich sah ich durch die Büsche und Bäume hindurch eine Reihe Männer von hinten durch das Unterholz auf mich zukommen.

Ich saß in der Falle. Wussten sie, dass ich da war, oder war die Suche nur eine Routinereaktion wegen der manipulierten Kamera? Ich brauchte schnell eine Lösung, sonst würde ich auch im Kühlhaus erfrieren. Ich versuchte, Nadija anzurufen, aber hier draußen gab es kein Netz.

Ein paar Meter hinter mir war mir ein Graben aufgefallen. Ich schlich zurück und drückte mich hinein, sodass ich vor beiden Gruppen erst mal versteckt war. Aber wie lange noch? Würden sie an mir vorbeigehen? Sicher nicht.

Ich robbte durch den Graben auf den Zaun zu. Wenn er zur Entwässerung war, musste er unter dem Zaun durch bis ins Tal zu dem Bach führen. Durch einen Wall, auf dem der Zaun hier verlief, führte eine Röhre mit etwa einhundertzwanzig Zentimeter Durchmesser. Ich spähte hinein, zehn, fünfzehn Meter Betonröhre, keine Gitter am anderen Ende. Das Schott auf dieser Seite war verrostet und seit Langem nicht mehr gebraucht worden.

Ein Blick zurück machte mir klar, dass mir keine andere Wahl blieb, die Männer kamen immer näher und durchkämmten suchend das Unterholz. Ich musste auf der anderen Seite sein, bevor sie den Graben erreichten. Vorsichtig schlich ich los, jedes Geräusch würde aus dem Tunnel hallen und mich verraten. Schon nach den ersten geduckten Schritten drückte die Erde über mir auf meine Seele. Ich wusste, dass es nur wenige Spatenstiche waren, an der höchsten Stelle war der Wall vielleicht zweieinhalb Meter hoch, aber was nutzte das? Ob ein Meter oder tausend, ich war unter der Erde begraben.

Ich sah das Helle nur wenige Meter vor und hinter mir. Das

schaffst du, Carl, sprach ich mir Mut zu und erinnerte mich an die Alternative, das Kühlhaus. Der Boden der Röhre war bedeckt mit angeschwemmtem Schlamm, Stöcken, Blättern und Unrat. Etwa in der Mitte gab es eine rechteckige Vertiefung, in der noch etwas faulig stinkendes Wasser stand, von den Seiten mündeten kleinere Röhren hier in die große. Ich bemühte mich, die Vertiefung möglichst geräuschlos und ohne nass zu werden zu überwinden, als hinter mir plötzlich das Schott zuschlug. Ich hörte deutlich den Riegel einschnappen.

Panik platzte in mir auf wie eine reife Frucht, Herzrasen, kalter Schweiß und Atemnot überfielen mich, mein Sichtfeld zog sich zusammen, und mein Hirn feuerte wirre Panikszenarien in mein Bewusstsein, anstatt klar zu denken. Ich stürzte auf das Schott zu, um mich dagegenzustemmen, bevor mir das kalte Eisen die Sinnlosigkeit dieses Versuchs klarmachte. Meine Rettung lag auf der anderen Seite, im Licht. Jeden Moment mussten dort Gewehre auftauchen.

Nun saß ich endgültig in der Falle. Rayana würde recht behalten, es gab keine Hoffnung. Ich zog meine Pistole und warf mich bäuchlings in den Matsch. Ich würde mich teuer verkaufen.

Ein, zwei, drei Sekunden vergingen. Ich wurde ruhiger. Die Erde über mir würde nicht einstürzen, ich lag in einer festen Betonröhre. Acht, neun, zehn Sekunden.

Dann sprang ein schwerer Motor an. Ein riesiger Erdhaufen wurde in mein Sichtfeld geschoben und verdunkelte das Ende der Röhre, das ich erreichen wollte. Hinter dem Erdhaufen, der sich bröckelnd und bröselnd in die Öffnung schob, tauchte die breite Schaufel eines Bergepanzers auf. Der Panzer fuhr zurück, der Erdhaufen kam zur Ruhe.

Meine einzige Chance, hier noch rauszukommen. Ich krabbelte los.

Der Motor schwoll wieder an. Der Erdhaufen türmte sich noch höher auf. Endlich erreichte ich das Ende. Meine Füße rutschten auf kullernden Brocken aus, meine Hände versanken in fließender Erde. Steinbrocken schlugen auf mich ein. Ich riss meine Hände los und fiel zurück, meine Beine wurden verschüttet. Innerhalb von Sekunden lasteten hundert Kilo darauf. Ich wurde begraben, bis fast zur Hüfte steckte ich schon in Erde. Noch ein wenig Licht drang am oberen Rand in die Röhre. Der Motor wurde wieder leiser. Der Panzer nahm Anlauf für eine neue Ladung Erde. Ich musste meine Beine befreien und durch den letzten Lichtspalt, die oberste lockere Erde wegschiebend, ins Freie. Ich buddelte mit bloßen Händen, zerrte an meinen Beinen. Hatte ich ein Quäntchen Raum geschaffen, rutschte die lockere Erde sofort wieder nach. Der Motor schwoll in dem Moment wieder an, als ich meine Beine freibekommen hatte. Ich krabbelte den Erdhang auf allen vieren hinauf, auf das Licht zu. Meine Hände erreichten das Freie. Ich schaufelte die lockere Erde beiseite, gleich hatte ich es geschafft. Der Motor brüllte, die Panzerketten kreischten ihr dreckiges Lied. Der ganze Haufen unter mir wurde zurück ins Röhreninnere gepresst und ich mit ihm. Meine Hände schabten am Beton entlang, ich riss sie zurück, stürzte nach hinten, ins Dunkel, ins Grab, weg von der Erde, den Steinen und dem Dreck, die immer weiter in die Röhre vordrangen und mich zu verschütten drohten.

Der Kampf war verloren, der Ausgang versiegelt. Immer wieder rollte der Panzer gegen den Wall an, brachte mehr Erde, presste sie in die Röhre und verdichtete sie mit seinem Gewicht.

Dann war irgendwann Ruhe, der Panzer war fort, die Männer vermutlich auch. Ich würde nicht im Kugelhagel sterben, würde nicht vom Panzer verschüttet und erdrückt werden, sondern elend verhungern und verdursten. Oder ersticken.

Ein ohrenbetäubender Schlag peitschte durch die Finsternis der Röhre. Jemand hatte gegen das Eisenschott geschlagen. Dieser Jemand rief jetzt mit einer durch das Schott und die Röhre verzerrten Stimme: »Moderski, es scheint, Sie lieben solche Löcher. Sie stecken ihren Kopf immer zu tief in Sachen, die Sie nichts angehen! Hören Sie, Sie werden hier verrecken, niemand wird Sie suchen. Das hier wird Ihr Grab!« Es folgte ein raues Lachen, das sich schnell entfernte. Die Stimme hatte ich nicht erkannt, aber ich hätte darauf gewettet, dass es Hauptmann war.

Ich kämpfte die Panik nieder, indem ich an weite, wogende Kornfelder dachte und einen sonnenüberfluteten Strand an einem endlosen Meer, mit blauem Himmel, über den weiße Wölkchen ziehen. Ich bin ein Vogel und fliege in der Grenzenlosigkeit des Himmels, über Wälder, über Berge und Seen.

Nur ruhig bleiben. Ich bin nicht allein wie Diren Bakthari. Nadija weiß, dass ich hier bin. Es ist nur eine Frage der Zeit, bis sie mit Verstärkung kommt, bis sie die frisch verschüttete Röhre finden und mich hier rausholen.

Dieser Gedanke beruhigte mich eine Weile. Ich könnte hier zwei, drei Tage aushalten, vielleicht sogar länger, wenn ich das brackige Wasser trank. Aber so lange würde es nicht dauern. Nadija wartete noch ein paar Stunden, und wenn ich dann nicht käme, würde sie mit einem SEK anrücken. Zehn Stunden, nicht länger, rechnete ich und dachte an – Connys Auto. Mein Unterbewusstsein holte mich mit einem Hammerschlag, der mir den Atem stocken ließ, in die Wirklichkeit zurück.

Sie würden das Auto finden. Sie würden erfahren, wem es gehörte, wo Nadija war und die Kinder und Giller und Conny. Es würde keine Hilfe kommen, außer ihr wusste keiner, wo ich war. Nadija durfte nichts geschehen, Conny, Giller, die Kinder, sie würden sie alle auslöschen, nur um ein paar Stunden zu gewinnen, um hier einzupacken und mit den Geiseln zu verschwinden.

Ich grub wie wild an dem Erdhaufen, bis meine Nägel von den Fingern rissen. Ich brüllte, ich heulte.

Es hat keinen Zweck, es hat keinen Zweck, ich bin begraben, begraben!

Verzweifelt ließ ich mich nach hinten kippen, lag auf dem Rücken im Matsch. Ich versuchte, die beruhigenden Landschaften wieder zu beschwören, aber es gelang mir nicht, stattdessen wurden die Bilder meiner schlimmsten Träume lebendig, tanzten mir vor den Augen und an den unsichtbaren Wänden meines Gefängnisses.

Ich riss die Augen auf, machte sie fest zu und riss sie wieder auf, weil ich nicht mehr sehen konnte, ob sie geschlossen oder offen waren. Es war absolut dunkel.

Nein, gerade eben war es noch absolut dunkel, jetzt waberte ein wenig Licht durch die Höhle. Dann war es wieder weg. Ich starrte ins Nichts.

Da war es wieder. Von irgendwoher kam Licht. Aus einem der Seitenrohre. Ich kroch dorthin. Ich sah hinein, das Rohr reichte etwa fünf Meter weit, an seinem Ende flackerte kurz etwas auf, doch dann war es wieder weg. Nach einiger Zeit begriff ich, dass das Flackern von Wolken und Sonne erzeugt wurde.

Es gab einen Ausweg. Ich musste nur die fünf Meter schaffen, in den Schacht nach oben gelangen und nach zwei, zweieinhalb Metern wäre ich frei. Das Rohr, in das ich kriechen musste, war knapp so breit wie meine Schultern. Wie breit mochte der Schacht sein? Wie ein Gullyschacht?

Ich leuchtete mit meinem Handy in die Röhre. Es schien keine Hindernisse zu geben, aber ob ich in den Schacht hineinpassen würde, konnte ich nicht erkennen. Als ich mein Handy ausschaltete, umgab mich wieder absolute Schwärze. Erst als meine Augen sich erneut an die Dunkelheit gewöhnt hatten, konnte ich das hoffnungspendende Licht wieder wahrnehmen.

Es half nichts, ich musste da rein, je schneller, desto besser. Ich hatte Menschen, die mir lieb waren, in Gefahr gebracht, wie meine Kinder. Ich durfte nicht versagen, diesmal nicht. Ich zog mich bis auf die Unterhose aus, es war lausekalt, aber ich wollte nicht wieder irgendwo hängen bleiben. Ich nahm mein

Handy zwischen die Zähne, auch wenn es hier wertlos war, weil es keinen Empfang gab, und zwängte mich in die Röhre. Ich streckte einen Arm vor und den anderen nach hinten, um so meine Schultern schmaler zu machen, und schob mich, auf der Seite liegend, mit den Füßen Stück für Stück voran. Das war mühsam und schweißtreibend. Der Boden war härter und rauer, als ich gedacht hatte, und schien mich absichtlich festhalten zu wollen. Ich konnte nicht tief atmen, weil ich mich dann in der Röhre verklemmte, so blieb ich alle paar Zentimeter liegen, um Luft zu holen, aber der Sauerstoff in dem Gang verbrauchte sich schnell.

Der Druck der Wände, die Atemnot, mir wurde schwindelig, ich begann zu phantasieren. Nadija und David waren jetzt in dem Szenario meiner Träume, genau wie Conny und Giller mit Frau und Kind, sie stürzten in den Schacht, in dem schon meine Kinder waren. Sie fielen auf meine Kinder, erschlugen sie, drückten sie unter Wasser, der Schacht war voller Leiber, die sich wanden.

Ich musste weiter, da vorn war das Licht der Hoffnung, dort war auch Luft, die Rettung.

Als ich dem Schacht näher kam, wurde die Luft tatsächlich besser. Ich atmete und dachte mit geschlossenen Augen an das Meer. Noch ein Stück. Dann ging es schnell, ich griff den Rand des Schachts und zog mich heran. Ich konnte den Himmel sehen. Mir war kalt, meine Glieder begannen zu krampfen. Ich musste um die Ecke, mich aufrichten. Unmöglich, es war zu eng, ich drückte, schob mich Millimeter für Millimeter höher. Mein Arm klemmte, wurde von meinem eigenen Körper gequetscht, ich hatte das Gefühl, er würde brechen. Kein Atmen, noch ein bisschen, ausatmen, der Atem stockte, ich erstickte, zerrte an meinem Arm, die Hand war abgeknickt, kam unter Schmerzen frei, Luft!

Ich saß in dem Schacht, eine Pause, nicht zu lange, es war kalt, Nadija. Jetzt mussten die Beine um die Ecke. Es ging nicht. Ich steckte fest. Für immer. Man würde mein von

Ratten abgenagtes Skelett in dieser unmöglichen Position finden.

Wie oft sind schon Leute in Gullys gefallen und darin gestorben?

Ich würde hier nicht sterben, ich nicht. Ich schob und drückte, krallte mit den Fingern und Zehen in den Beton. Noch ein bisschen, noch ein bisschen und noch ein bisschen … Mein rechtes Bein war unter meinem Körper. Jetzt nur noch das linke. Es wurde immer enger. Ich drückte mich mit meinem rechten Bein hoch. Das linke schabte am Beton, wurde durchgebogen bis zur Belastungsgrenze und darüber hinaus. Meine Kniescheibe klemmte. Ich drehte das Bein hin und her, zerquetschte und zermahlte meine Sehnen und Muskeln, und dann flutschte die Kniescheibe durch, und mit der frei werdenden Kraft riss ich mein Schienbein schmerzhaft über den Beton. Ich stand.

Zwanzig Zentimeter über meiner ausgestreckten Hand war ein Gullydeckel. Durch seine Schlitze konnte ich atmen, sah ich die Welt. Gullydeckel sind sauschwer. Ich schob mich hoch, verklemmte meine Beine an den Seiten, stemmte mich gegen den Deckel und rutschte ab. Noch mal. Wieder rutschte ich ab. Noch mal. Der Deckel rührte sich ein wenig und krachte in seine Fassung zurück, als ich erneut abstürzte. Ich musste noch höher, mich auch mit den Händen abstützen und mit Kopf und Nacken drücken. Der erste Versuch misslang, beim zweiten Mal verschob sich der Deckel endlich.

Ich sah Gras, um mich herum keine Menschenseele, niemand, der auf mich gewartet hatte, um mich wieder zurück in das Loch zu werfen. Mit letzter Kraft kroch ich ganz heraus. Ich lag auf dem Rücken, kaum zu einer Regung fähig, es war eisig, aber ich musste Nadija anrufen.

Kein Empfang. Ich humpelte fast nackt durch den Wald, mein linkes Bein schmerzte und war instabil. Mein ganzer Körper war geschunden und zerschlagen. Unter meinen Fingernägeln sickerte Blut durch den Dreck, ein Finger sah komisch aus, aber die ganze Hand schmerzte so, dass ich nicht sagen konnte, ob er gebrochen war.

Immer noch kein Empfang. Beim Auto gab es Empfang, das wusste ich. Wie unangenehm weicher Waldboden sein kann, weiß man erst, wenn man keine Schuhe anhat. Ich humpelte weiter mit aufgeschlagenen Zehen und Splittern in den Füßen. Ich konnte das Auto zwischen den Bäumen erkennen. Jemand stand daneben und sah sich um. Ich huschte hinter einen Busch in Deckung. Der Mann war bewaffnet. Ich versuchte es noch mal mit dem Handy. Als ich Nadijas Stimme hörte, flüsterte ich: »Nadija, haut da ab, sofort!«

»Carl? Was ist denn los? Wo bist du? Ich kann dich kaum verstehen.«

»Sie haben mich erwischt. Ich bin aber wieder frei, doch sie wissen, wo ihr seid. Verschwindet. Alle. Sofort!« Ich hörte, wie sie loshastete, um die anderen zusammenzutreiben.

»Carl, was ist mit dir, bist du noch dran?«

»Ja. Ich kann nicht ...«

»Carl!«, rief sie ins Telefon.

Im Hintergrund hörte ich Giller und Conny rufen, aufgeregte Kinderstimmen, Hasten und Laufen. Ich hatte es geschafft, sie lebten noch, würden sich in Sicherheit begeben, und Nadija würde das alles zu Ende bringen, irgendwie Verstärkung holen ...

Die Anspannung ließ nach, dafür kroch die Kälte in meine Glieder, aber das war gut, denn sie verdrängte die Schmerzen. An die Kälte konnte ich mich gewöhnen. Wenn ich sie nur lange genug zuließ, würde sie mich wie eine Decke einhüllen und sanft in den Schlaf gleiten lassen. Schlafen, endlich Ruhe, ich streckte mich aus. Der Himmel war weit, das Korn wogte im lauen Sommerwind ... Endlich Ruhe.

»Carl. Carl, melde dich endlich.«

Nadijas hysterische Stimme brachte die Kornfelder durcheinander, bis sie zu braunem, welkem Laub wurden, auf das ich meinen Kopf gebettet hatte.

»Carl, verdammte Scheiße, melde dich. Du bist noch nicht fertig. Wir brauchen dich!«

Was meinte sie damit, ich sei noch nicht fertig? Noch nicht fertig womit?

»Carl Christopher Moderski, ich weiß, dass du da dran bist, ich höre dich atmen. Jetzt reiß dich mal zusammen und hör mir zu.« Ihre Stimme war jetzt ruhiger und ernst. »Ich hab dein Foto bekommen, da sind mindestens sechs Frauen drauf. Wir müssen die da rausholen, sonst werden sie sterben.«

Ich wälzte mich auf die Seite und stöhnte, meine Gliedmaßen waren steif, wie eingerostet, und mit der Bewegung kamen die Schmerzen wieder.

»Scheiße, Nadija, kannst du mich nicht einfach hier liegen lassen?« Ich rappelte mich langsam hoch.

»Nein, Carl, wenn du da liegen bleibst, gehst du drauf, und wir brauchen dich.«

Ich hasste ihre Penetranz, aber es schien mir, als hätte sie recht. »Ist ja gut, was soll ich tun?«, fragte ich mit brüchiger Stimme.

»Wir sind jetzt im Auto und fahren zu Großhans nach Hause. Sobald ich mit ihm gesprochen habe, schicke ich dir einen Streifenwagen und bereite alles für den Einsatz vor.«

Sie war so überlegt, wie konnte sie nur so klar denken? Bei mir war nur Matsch im Kopf. Trotzdem musste ich ihr sagen, wo ich war. »Schick den Wagen auf die Bundesstraße von Friederichsburg nach Saulau.«

Da bin ich, sie können mich gar nicht verfehlen, dachte ich. »Ich bin der nackte Mann am Straßenrand.«

Hatte ich das wirklich laut gesagt? Der nackte Mann am Straßenrand!

»Du bist *nackt*? Was ist passiert?«

Ich lief los. »Erzähle ich dir später«, stammelte ich und legte auf.

Ich konnte nicht auf den Streifenwagen warten, der würde frühestens in einer halben Stunde kommen. Instinktiv war ich zu Connys Auto gewankt. Ich hatte dabei einen Bogen durch den Wald gemacht, sodass ich nicht aus der Richtung der Kaserne kam. Die verdutzte Wache beobachtete mich misstrauisch. Ein nackter Mann macht niemandem Angst.

Als ich noch fünf Meter von dem Mann weg war, fragte ich: »Haben Sie meine Frau gesehen? Sie ist mit dem Auto einfach abgehauen, mit meinen Sachen.«

»Nein. Bleiben Sie stehen«, sagte er mit leicht belustigtem Unterton. »Wo war das denn?«

Ich drehte mich um und zeigte zwischen die Bäume. »Da vorn irgendwo, im Wald«, sagte ich und lief weiter, bis ich vor ihm stand. »Haben Sie 'ne Decke oder so?«

Ohne Zweifel war er hier, um mich zu erschießen. Aber er wusste ja nicht, dass der nackte Mann der war, den er eliminieren sollte.

Ich schlug dem Zögernden meine Faust gegen die Halsschlagader. Als er zu Boden ging, fing ich ihn auf und fragte mich, ob die Halsschlagader so hieß, weil man dagegen schlagen musste, um einen Menschen fertigzumachen.

Ich wollte den Autoschlüssel nehmen – aber: Einem nackten Mann konnte man bekanntlich nicht in die Taschen greifen. Keine Taschen, kein Autoschlüssel.

Doch die Jungs von PMC hatten schon ganze Arbeit geleistet und den Wagen aufgebrochen. Ich setzte mich hinters Steuer und schloss ihn kurz. Gesegnet seien die Bedürftigen und die Liebhaber älterer Fahrzeuge.

NEUN

Nachdem ich Nadija und Großhans eine Zusammenfassung der Ereignisse gegeben hatte, bei der ich mehrmals fast eingeschlafen wäre, hatten sie mich sofort ins Krankenhaus bringen lassen wollen, aber ich hatte protestiert.

»Nur ein bisschen Schlaf, dann bin ich wieder da.« Nadija hatte mich fast ausgelacht, mich dann aber doch in Großhans' Gästezimmer verfrachtet. Ich hatte zwei Stunden geschlafen, als Nadija mich weckte. Zwei Tage wären nicht genug gewesen.

Sie hatte Großhans alles berichtet und mit ihm den Sturm auf das PMC-Gelände vorbereitet. Das SEK war in dreifacher Stärke einsatzbereit.

»Wir fahren jetzt los. Mit den Papieren von Manakov hätten wir vermutlich weniger Schwierigkeiten, aber die liegen ja im Tunnel. Egal, wir sind vorbereitet.«

»Gehst du mit?«

»Na klar! Aber du bleibst schön hier, in deinem Zustand bist du nur eine Gefahr für dich und alle anderen.«

Eine Gefahr für alle anderen. Bei dem Satz tauchte sofort ein Gesicht vor meinem inneren Auge auf: Uwe Gerl war eine Gefahr für alle anderen. Er hatte Kalkhoff auf Giller gehetzt, er hatte den Mord vertuschen wollen.

»Ihr müsst Gerl festnehmen, er ist ein Verräter. Ein Hinterhalt.« Ich stand protestierend auf, aber ich wankte, und so war es für Nadija ein Leichtes, mich ins Bett zu schieben.

»Beruhige dich, Gerl sitzt in Arrest. Du bleibst hier. Wir erledigen das.«

Ich ließ mich zurücksinken, was tat das gut, weiche Kissen, Aufgabe erledigt, den Rest konnte die Kavallerie machen. Ich hörte die Türen schlagen und die Autos starten, dann war Ruhe. Aber ich konnte nicht gleich wieder einschlafen.

Ich ging auf die Toilette und dann in die Küche, um mir ein Glas Wasser zu holen. Großhans hatte es schön bei sich zu Hause, die Küche war moderner, als ich es ihm zugetraut hätte, und im Wohnzimmer hing ein riesiger Flachbildfernseher. Ich stand an den bodentiefen Fenstern zum Garten, trank mein Wasser und starrte hinaus. Gleichzeitig sah ich mein Spiegelbild in der Scheibe. Ein durchscheinender Geist mit blasser Haut, tief liegenden, dunklen Augen, strähnigem Haar und blauen Flecken und Wunden überall. Ich fühlte mich schlecht und unendlich müde, aber dass ich so mies aussah, ließ mich ahnen, dass es um mich schlimmer stand, als ich gedacht hatte.

»Schon auf?«

Frau Großhans sprach mich von hinten an. Ich drehte mich um. »Ja. Äh, eigentlich nein, ich wollte nur was trinken, ich lege mich gleich wieder hin.« Mein Blick fiel auf eine Kommode, auf der unzählige Bilderrahmen standen.

»Ja, ja, das tun Sie mal. Sie haben ja genug durchgemacht.«

Familienbilder, der junge Großhans mit Frau und Kindern, die Kinder zu verschiedenen Zeiten, die Tochter als Braut mit einem unauffälligen Mann.

»Ich mache Ihnen für später eine kräftige Suppe, die wird Ihnen guttun. Wir können dann mit den Gillers essen.«

»Wo sind die Gillers im Moment?«, fragte ich etwas abwesend.

»In der Einliegerwohnung unten.« Frau Großhans deutete auf die Fotos. »Das sind alles alte Erinnerungen.«

Dazwischen leuchtete ein elektronischer Bilderrahmen, der automatisch die Bilder wechselte. Ich erkannte einige meiner neuen Kollegen. »Und der?«, fragte ich.

»Ach, den haben die Mitarbeiter meinem Mann letztes Jahr zum Jubiläum geschenkt. Der ist eigentlich immer aus, aber weil doch heute so viele von denen hier waren, habe ich ihn angemacht«, sagte Frau Großhans, schon auf dem Weg in die Küche.

Ich wollte ihr folgen, um mein leeres Wasserglas abzustellen, da schaltete der Rahmen von einem Bild der verklemmt lächelnden Frau Müller auf eine Szene von Männern im Kampfanzug, von denen ich auf Anhieb zwei erkannte.

Ich griff mir den Rahmen, aber der hing am Kabel fest. Hektisch rief ich nach Frau Großhans, während ich versuchte, die Bilder anzuhalten. Aber der Rahmen blätterte unerbittlich weiter.

Endlich fand ich die Taste für Bildvor- und -rücklauf und schaltete zurück. »Frau Großhans, das ist doch der Oppermann, oder?«

»Aber ja, das ist Kommissar Oppermann. Wissen Sie, jeder der Mitarbeiter hat ein oder zwei Bilder gegeben. Mein Mann hat sich sehr gefreut, eine nette Idee.«

»Wieso ist Oppermann da im Kampfanzug?«

»Der war doch bei der Marine«, bestätigte Frau Großhans. »Da ist er auf einem Schiff, bei einem Einsatz gegen Piraten. Ich glaube, er war mächtig stolz darauf, deshalb ja auch das Bild.«

Der zweite Mann, den ich auf dem Bild erkannt hatte, war ein Kampfschwimmer, der gerade die Tauchermaske abgenommen hatte: Walter Hauptmann. Er legte Oppermann, der zu ihm aufsah, einen Arm um die Schulter und lachte in die Kamera. Hinter ihnen waren noch ein paar andere Kampfschwimmer, die offensichtlich gerade von einem Einsatz zurückgekommen waren. Obwohl sie noch ihre Masken trugen, hätte ich meinen ganzen Jahreslohn darauf verwettet, dass einer von ihnen Kalkhoff war.

Ich bedankte mich und wankte eilig zum Gästezimmer zurück. Oppermann hatte die ganze Zeit im Hintergrund die Ermittlungen behindert. Während ich Gerl im Visier hatte, war mir Oppermann entgangen. Er hatte Kalkhoff auf Giller angesetzt, und jetzt wusste er über den Einsatz Bescheid. Nadija! Die gefangenen Frauen!

Ich zog meine Hose an, ein T-Shirt darüber, zum Glück

hatte Nadija meine Reisetasche aus dem Auto geholt. In dem Seitenfach fand ich auch die kleine blaue Tablette. Einen Moment zögerte ich, aber ohne das Ding war ich völlig im Arsch.

»Kann ich noch ein Glas Wasser haben, bitte? Und hat ihr Mann hier irgendwo eine Waffe?«, fragte ich die völlig verdutzte Frau Großhans.

Sie gab mir das Wasser und meinte skeptisch: »Er hat nur seine Sportwaffen hier.«

Na immerhin.

»Was wollen Sie denn mit einer Waffe?«

Ich nahm ihr das Wasserglas aus der Hand und schluckte die Pille.

»Was machen Sie denn da? Sie können doch nicht –«

»Doch, kann ich. Muss ich sogar. Oppermann ist ein Verräter, bei dem Einsatz läuft was schief. Und ich geh da jetzt hin.«

»Sie gehören ins Bett. Nein, eigentlich gehören Sie ins Spital.«

Ich ließ sie stehen.

»Ich rufe jetzt meinen Mann an«, zeterte sie hinter mir her.

»Okay, tun Sie das, und sagen Sie ihm gleich, dass Oppermann der Verräter ist und ich jetzt komme.«

Ich fand den Waffenschrank im Keller. Großhans hatte eine hübsche Sammlung, hauptsächlich Kleinkaliber-Sportwaffen, aber auch eine interessante großkalibrige Pistole. Schien mir eine Sonderanfertigung zu sein. Dahinter hing eine Urkunde: »Für besondere Leistungen mit der großen Waffe, Bundespolizei-Sportschützen-Vereinigung«. Großhans war ein Waffennarr; das Ding war genau das Richtige für mich. Die blaue Pille tat inzwischen ihre Wirkung, ich war voller Tatendrang und schwups, war der Waffenschrank auf.

Ich wollte schon gehen, da fielen mir die Gillers ein, die friedlich in der Einliegerwohnung saßen. Für einen Moment dachte ich daran, Bernhard Giller mitzunehmen. Er war bedeutend fitter als ich zurzeit und ein erfahrener Kämpfer, der mir den Rücken decken konnte. Aber das war nicht sein Kampf, er hatte mit den Mädchen nichts zu tun. Für ihn zählte nur seine Familie – auch kein dummer Gedanke. Ich holte Giller aus der Einliegerwohnung und drückte ihm eine der Kleinkaliberwaffen in die Hand. »Passen Sie hier auf. Nur für den Fall, dass Oppermann jemanden vorbeischickt.«

»Oppermann? Glauben Sie wirklich …?«

»Nein, aber sicher ist sicher.«

Die sonst so freundliche Frau Großhans griff mir sogar in den Arm, als ich mir den Schlüssel für Großhans' Auto nahm; die polierte M-Klasse war zwar etwas auffällig für meinen Job, aber ich konnte jetzt nicht wählerisch sein.

Nadija musste über Oppermann Bescheid wissen, aber sie ging nicht ans Handy.

Das SEK würde zur Vordertür hineingehen, auf Rechte und den richterlichen Beschluss vertrauend. Ich würde von hinten zuschlagen.

Ich nahm einen Umweg über Baumheim, um von dort durch das alte Übungsgelände an die PMC-Kaserne heranzukommen. Die M-Klasse tat, wofür sie gebaut wurde, Matschtümpel und Schotterstrecken waren kein Hindernis. Ich begann gerade, unter dem euphorisierenden Einfluss meines blauen Helferleins richtig Spaß zu haben, als ein Hubschrauber im Tiefflug über mich hinwegdonnerte. Jetzt wurde es ernst. Ich holte aus dem Luxusgeländewagen heraus, was drinsteckte.

Der Weg endete an einem geschlossenen Tor mit einer Schranke dahinter. Die Wache war nicht besetzt. Ich bremste nicht. Das Tor war kein Problem, der eine Flügel riss aus den Angeln und schlitterte über das Gras, als ich ihn rammte. Die Schranke war ein anderes Kaliber.

Die Airbags öffneten sich, die Front sah aus, als hätte ein Riese mit einer Keule zugeschlagen, und die abgebrochene Schranke knallte noch zweimal gegen den Wagen, bevor sie hinter mir in den Graben tanzte.

Ich hatte eine Weile mit den Airbags zu kämpfen. Endlich freigekommen, schlug ich einen Weg ein, der mich direkt zu dem Beobachtungsbunker führen würde, wo die Frauen eingesperrt waren. Doch erst musste ich durch unwegsames Gelände. Der Wagen machte das prima, trotzdem kostete es Zeit. Parallel zu mir sah ich durch die Bäume zwei Lkws.

Als ich endlich bei dem Bunker ankam, spähte ich in alle Richtungen. Es war verdächtig ruhig, nur in der Ferne waren Motoren zu hören.

Ich ging rein, sicherte einen Raum nach dem anderen und sah immer wieder nach hinten, ich wollte nicht eingesperrt werden. Die Tür mit dem Gitterfenster war nur angelehnt. Ich stieß sie vorsichtig auf.

Der Raum war leer. Aber ganz sicher waren hier vor Kurzem noch Menschen gewesen, ihr Geruch und ihre Wärme hingen in der Luft.

Ich rannte nach draußen. Wo waren die Frauen? Wo blieb das SEK? Mit dem Handy kein Empfang. Ich sprang in den Wagen und fuhr in die Richtung, aus der ich die Motoren gehört hatte. Kurz bevor ich aus dem Wald herausgekommen wäre, hielt ich an und wählte Großhans' Nummer. »Wo bleibt ihr denn?«, fragte ich, als Großhans abnahm.

»Moderski! Wenn an meinen Wagen auch nur ein Kratzer drankommt –«

Seine Frau musste ihn unterrichtet haben. »Herr Großhans, Ihrem Wagen geht es gut, aber wo verdammt noch mal bleibt das SEK?«

»Herr Moderski, das SEK ist in Stellung, aber wo sind *Sie*? Sie sollten im Bett bleiben. Sie haben keine Befugnis, eigenmächtig zu handeln.«

»In Stellung? Was heißt ›in Stellung‹? Die müssen reingehen!«

»Die Tore sind geschlossen, der Posten am Empfang kann den Standortkommandanten nicht erreichen, um ihm die Papiere vorzulegen.«

»Sie stehen noch vor dem Haupteingang?«

Ich hätte am liebsten laut geschrien, aber ich musste aufpassen, dass ich niemanden auf mich aufmerksam machte. Während ich telefonierte, war ich durch die Büsche zu Fuß näher an das offene Feld vor den Kasernengebäuden herangekommen. Dort herrschte reges Treiben.

Ich legte einfach auf und wählte Nadijas Nummer.

»Carl, Großhans sagt, du –«

»Nadija, Nadija, hör zu, ich bin drin. Die Frauen sind weg, sie werden offenbar gerade abtransportiert, vermutlich mit einem Hubschrauber, der vorhin gekommen ist. Es brennt, es geht wirklich um Sekunden. Das SEK muss *jetzt* eingreifen, sofort! Hörst du, unverzüglich. Ich geh da jetzt hin, sonst müssen wir die Frauen von sonst wo zurückholen. Ende!«

Nadija rief noch: »Carl, mach keinen Schei–«, aber da hatte ich sie schon weggedrückt.

Eilig lief ich zum Mercedes zurück und wäre beinahe mit Oppermann zusammengestoßen, meinem freundlichen Kollegen Oppermann, der mich nur deshalb nicht rechtzeitig bemerkt hatte, weil er damit beschäftigt war, irgendjemandem Meldung zu machen.

Ich war schneller und hielt ihm meine Pistole ins Gesicht. »Nimm die Hände hoch und gib mir bloß keinen Grund abzudrücken.«

Er grinste überheblich. »Dich habe ich hier nicht erwartet. Ich habe gehört, man hätte dich in einem dunklen Loch verbuddelt. Du zitterst ja! Komm, gib mir die Pistole, das ist doch nur 'ne Sportwaffe.«

»Stimmt. Macht aber trotzdem hässliche Löcher. Also, Hosen runter, Jacke aus und Hände auf den Rücken, wenn ich bitten darf.«

Ich fesselte ihm die Hände mit seinen eigenen Handschellen auf den Rücken, ließ ihn sich vor einen Baum setzen und die Beine darum schlingen, um dann seine Schuhe mit den

Schnürsenkeln aneinander festzubinden. Keine ganz bequeme Stellung, aber er würde es verkraften.

Eigentlich hatte ich vorgehabt, als PMC-Mann aus dem Wald zu kommen und mich den Helis zu nähern, aber dafür war keine Zeit mehr: Ich hörte, wie die Turbinen des Hubschraubers hochgefahren wurden. Ich streifte mir schnell Oppermanns schusssichere Weste über und sprang wieder in die M-Klasse. Da standen zwei, eine alte Bell UH1 war kurz vor dem Start, und in den Eurocopter, der eben gekommen war, stiegen noch Menschen ein.

Ich jagte auf die Bell zu. Der Vogel löste sich dröhnend vom Boden. Ich erwischte das Ding gerade noch mit der Dachkante des Wagens an einer Landekufe. Die Maschine wurde herumgerissen, touchierte mit den Rotorblättern ein Fahrzeug und sackte wieder zu Boden. Der Mercedes wurde herumgeschleudert und krachte in einen der Kleinbusse. Die Turbine des Eurocopters sprang an.

Ich musste erst mal sortieren, wo oben und unten war, dann kletterte ich aus dem zerstörten Wagen und taumelte über den Landeplatz auf den Helikopter zu. Im Hintergrund meines Bewusstseins hörte ich Schüsse. Männer in PMC-Uniform liefen in Deckung. Die Piloten des Helis arbeiteten fieberhaft an ihrem Gerät. In der Kabinentür tauchte das Gesicht von Walter Hauptmann auf. Der schlachterprobte Kommandoführer kurz vor dem Triumph. Ich sah ihn seine Befehle bellen und wusste, was er sagte, obwohl ich nur den Lärm des immer schneller schlagenden Rotors hörte. »Bringt ihn um.«

Der Hubschrauber hob leicht vom Boden ab, dann schwenkte er herum, und das Heckleitwerk mit dem Propeller kam auf mich zu. Ich hatte keine Zeit gehabt, die Kevlarweste, die ich Oppermann im Wald abgenommen hatte, zuzumachen, jetzt riss ich sie mir über den Kopf und gab sie dem Heckrotor zu fressen. Ein hässliches Krachen und Schlagen im Innern des Helis kündete davon, dass die Antriebswelle des Rotors einen finalen Schaden genommen hatte. Das auftretende Giermoment ließ das Fluggerät wie besoffen über die Fläche trudeln, bis die Piloten es wieder zu Boden sacken ließen.

Ich hatte mich flach hingeworfen und in Deckung gerollt, dabei hatte ich für einen Moment die Orientierung verloren. Als ich mich hochrappelte, sah ich zuerst Kugeln in das Fahrzeug vor meinen Augen einschlagen, zack, zack, zack tauchten Löcher in Lack und Blech auf, wie hingezaubert, bevor ich das laute Knallen der Schüsse wahrnahm. Ich drehte mich um, zog die Pistole und warf mich wieder flach auf den Boden.

Die Tür des Eurocopters war geöffnet. Ich sah die Frauen im Innern an ihre Sitze gefesselt. Eine wurde vom Hubschrauber weggeführt, Rayana Bakthari. Hinter ihrem schönen Gesicht tauchte ein Teil der hassverzehrten Fratze Walter Hauptmanns auf, der aus seinem Sturmgewehr eine Salve nach der anderen auf mich feuerte und schrie: »Stirb, stirb endlich!«

Rayana wehrte sich nach Kräften, weshalb er keinen gezielten Schuss anbringen konnte. Aber auch ich konnte nicht auf ihn schießen, schließlich wollte ich nicht riskieren, dass sie getroffen wurde. Gleichzeitig musste ich handeln, wenn mich nicht früher oder später eine der vielen Kugeln erwischen sollte. In so einer Situation ist es schwer, cool zu bleiben.

Eine ruhige Hand hat man nur mit einem ruhigen Geist.

Ich nahm mir die Zeit durchzuatmen, dachte mich an die Ufer eines plätschernden Flusses, während vor mir Kugeln vom Asphalt abprallten und Steinsplitter in mein Gesicht sprangen. Der Fluss strömte in der Sommerhitze sanft dahin, drehte ein Blatt vor meinen Augen im Kreis, während Mücken und Libellen schwirrten; der Glanz der untergehenden Sonne glitzerte auf den Wellen, das Bild war bewegt, stetig vergehend und doch ewig.

Ich wusste nicht, ob Walter Hauptmann Russisch sprach, aber Rayana würde es verstehen, wie ich mich erinnerte. Daher rief ich auf Russisch: »Rayana, nimm die Beine hoch!«

Sie verstand nicht, sondern hielt in ihrer Gegenwehr inne.

Hauptmann bekam dadurch seine Hand unter Kontrolle, und ich – sah genau in die Mündung seiner Waffe.

»Nimm die Beine hoch, los, die Füße hoch. Jetzt!«

Ich las in ihren Augen, dass sie verstanden hatte. Hauptmann krümmte den Finger am Abzug. Rayana packte den Arm, der sie hielt, zog sich daran hoch und nahm die Knie zur Brust, genau in dem Moment, als Hauptmann abdrückte.

Die Salve ging zu kurz. Ich feuerte einen Schuss, den ersten mit der fremden Waffe, sie hatte fast keinen Rückstoß. Ich ließ schnell nacheinander zwei Dubletten folgen, bevor Rayanas Beine das Schussfeld wieder verdecken würden.

Der große Kerl wankte, seine Beine knickten ein, er krachte ungebremst nach hinten und Rayana auf ihn. Er schrie vor Schmerz und Wut. Beim Aufprall hatte er sein Sturmgewehr fallen gelassen und den Griff um Rayana gelockert. Sie entwand sich ihm, erwischte kriechend die Waffe, richtete sich auf und feuerte ihm drei Schüsse in Brust und Bauch. Ihre Bewegungen waren so fließend, bewusst und konsequent, als wäre sie ein Pokerspieler und spielte einen Royal Flush. Aus dieser Nähe durchdrangen die Kugeln die Panzerweste, stanzten drei fransige Löcher in den Körper, prallten am Boden ab und bauten den Rest ihrer kinetischen Energie in Hauptmanns Eingeweiden ab. Drei Herzschläge lang starrte er Rayana noch an, ungläubig, erschrocken. Begreifend. Ich konnte ihr Gesicht nicht sehen, aber ihr ganzer Körper schrie ihm Hass entgegen, bis er den Kopf nach hinten sinken ließ und starb. Dann richtete sie sich stolz auf. Sie sagte kein Wort, aber ihre Haltung, ihr Gesichtsausdruck und ihre dunklen Augen vermittelten: Ich hatte das Recht dazu!

Ich rappelte mich auf und ging hinüber. Meine Schüsse hatten Hauptmann das eine Knie zerfetzt, und eine Kugel hatte den anderen Oberschenkelknochen knapp über der Kniescheibe zertrümmert. Gestorben war er durch Rayana Baktharis Kugeln.

Ich bückte mich, nahm mit meinem Taschentuch seine

Pistole aus der Gürteltasche und drückte sie in seine leblose Hand, damit es mehr nach Notwehr aussah.

»Was machst du da?« Nadija stand plötzlich direkt neben mir und schaute von oben auf mich herab. Ich hatte sie nicht bemerkt, so sehr war ich auf das Geschehen konzentriert gewesen.

Ich stand auf. »Sie ist das Opfer, nicht der Täter.«

Nadija sah Rayana an, die herausfordernd zurückblickte.

Nadijas Antwort klang fast ein klein wenig spitz. »Wie du meinst.«

Ich hatte die körperliche und psychische Anspannung aufs Äußerste getrieben, in dem unbedingten Pflichtbewusstsein, ein Ziel zu erreichen. Angepeitscht von Schuldgefühlen und Hass, unterstützt von Alkohol, Koffein und chemischen Helfern. Ich begann mich langsam im Kreis zu drehen. Ich sah Nadija an. Es ging ihr gut, auf sie konnte ich mich verlassen.

Nadija fragte: »Was ist, ist dir nicht gut?«

»Nein.« Ich nahm dumpf wahr, wie SEK-Leute die PMCler abführten.

Großhans kam auf mich zu. »Moderski, mein Wagen!«

Er war übergroß und rotgesichtig, aber ich konnte ihm nichts erklären. Der erste Hubschrauber geriet in mein Blickfeld. Er war halb gekippt, auf ein Rotorblatt gestützt, das unter einem Transporter festgekeilt war. Polizisten halfen den Insassen beim Herausklettern. Die Piloten des zweiten Helikopters hielten die Hände hinter den Nacken, vier SEKler hatten ihre Sturmgewehre im Anschlag. Andere befreiten gerade die Geiseln. Großhans' schöne M-Klasse war ein auf der Seite liegendes Wrack. Zwei PMC-Söldner lagen neben dem Transporter, in den der Mercedes gekracht war. Einer stöhnte, der andere rührte sich nicht.

Ich hatte Schweißausbrüche, mein Puls raste, mein Blickfeld hatte sich auf einen scharfen Kreis von der Größe eines Gesichtes zusammengezogen, ich bekam keine Luft mehr, obwohl meine Brust sich heftig hob und senkte. Rayana tauchte auf. Mein Gott, war sie schön, nach allem, was sie durchgemacht hatte. Vielleicht auch wegen allem. Aus ihr strahlten Schmerz und Freude, Verlust und Glück. Jemand hielt sie. Ich erkannte, dass ein Polizist ihr einen Arm auf dem Rücken festhielt, um sie mitzunehmen. Noch sträubte sie sich. Sie wehrte sich, um mir noch einmal in die Augen zu sehen.

Rayana sagte: »Danke!« Dann ließ sie sich abführen.

Das Gefühl von Verlust wurde gelindert von einem Gewinn, für den ich keine Worte kannte, außer vielleicht einem – Liebe.

Rayana war fort, Nadijas Augen fixierten mich. Großhans glotzte über ihre Schulter. Sie sagte: »Mann, dich hat's erwischt«, dann fing sie mich auf und ließ mich sachte zu Boden gleiten.

Es wurde still. Das Letzte, was ich sah, war Nadija. Sie war ganz blass geworden. Dann wurde es dunkel um mich.

ZEHN

»Sie haben Besuch, Herr Moderski.« Die vietnamesisch aussehende Pflegerin sprach sehr gut Deutsch, vielleicht war sie in Deutschland geboren. Unter ihrem weißen Kittel trug sie nur einen Slip, und wenn sie in der Tür stand, konnte man ihren zarten Körper gegen den hellen Hintergrund durchschimmern sehen. Ein erbaulicher Anblick, wie auch der Blick aus dem Fenster über die Wipfel des Schwarzwaldes. Erbauliches war hier Mangelware. »Möchten Sie den Besuch in Ihrem Zimmer empfangen, oder gehen Sie nach unten?«

»Wer ist es denn?«

»Eine Dame.«

Wie aufschlussreich, immerhin konnte ich jetzt die Hälfte der Bevölkerung ausschließen.

Ich bat sie, den Besuch hochzuschicken. Unten in den öffentlichen Räumen des Kurheims waren mir zu viele Leidensgenossen, die zu viel litten.

Zwei Wochen hatte ich im Krankenhaus gelegen, akuter physischer und psychischer Erschöpfungszustand mit Kreislaufzusammenbruch und psychosomatischen Störungen. Natürlich hatten mich ein paar Leute im Krankenhaus besucht, aber ich konnte mich kaum daran erinnern. Großhans war da gewesen, ich glaube, er hatte nur über sein Auto gesprochen. Leute vom BKA und LKA, ich habe ihre Fragen beantwortet, obwohl ich irgendwie keinen Zusammenhang mit meinem Leben herstellen konnte. Am Ende schienen sie ganz zufrieden.

Ich glaube, Rayana Bakthari war auch bei mir. Ich sehe sie in einem freundlich milden Dunst über mir schweben. Sie hielt die ganze Zeit meine Hand und gab mir zum Abschied einen Kuss auf jede Wange, auf die Stirn und auf den Mund. Aber ich war mir nicht sicher, ob ich das nur geträumt hatte.

Seit ich im Kurheim war, hatte ich weniger Besuch bekommen. Und noch weniger erfreulichen. Meine Frau war da gewesen. Sie war aus ihrem Sanatorium entlassen worden, dafür war ich jetzt drin. Wir hatten ein paar Freundlichkeiten ausgetauscht, sie sah toll aus, dann war sie zur Sache gekommen. »Du kannst es einfach nicht lassen.«

»Ich habe einen echt miesen Kerl erwischt.«

»Und du glaubst, du bist jetzt fertig damit?«

Nein, ich war noch nicht fertig damit. Ich wollte Hauptmann noch ein paar Fragen stellen und ihn mit meinen eigenen Händen zerquetschen. Ich sprach oft mit meinem Therapeuten darüber, wie ich mit so einem unerfüllbaren Gefühl umgehen sollte. »Sie müssen lernen, Ihre verständliche Wut in etwas Sinnvolles zu kanalisieren.« Dann schickte er mich in einen Kreativworkshop. Wir sollten mit Fingerfarben oder wahlweise mit Ton lernen, unsere Wut auszudrücken. Das half mir nicht, es ging ja nicht darum, dass mir einer eine Parklücke weggeschnappt hatte oder so.

Ich hatte zu lange sinniert und beeilte mich, meiner Frau zu antworten: »Ja, ich bin fertig damit.«

Sie sah mich skeptisch an. »Ich glaube dir nicht.« Ihre Stimme klang vorwurfsvoll. »Du wirst nie fertig werden. Solange es noch einen Ladendieb zu verhaften gibt, machst du weiter. Du siehst ja, wohin dich das geführt hat. Du bist kaputt, total kaputt!«

Ich wollte sie bremsen. »Hey, warte mal, das war schon was anderes als ein Ladendieb.«

»Mag sein. Aber du kannst nicht aufhören, du machst dich fertig ohne jede Rücksicht auf dich oder auf andere. Aber da mache ich nicht mit. Mich ziehst du nicht mit rein in deine krankhafte Mission gegen alles Böse dieser Welt. Und unsere Kinder auch nicht!«

Sie war laut geworden. Julia hörte nicht auf zu zetern. Bevor sie sich in eine Hysterie steigerte, sagte sie: »Ich geh jetzt, ich muss mich erst einmal beruhigen.«

Das mit dem Beruhigen hatte offenbar nicht so gut geklappt, drei Tage später kam ein Brief von ihr, dass es wohl das Beste wäre, wenn ich auf ihren Wunsch einginge. Mit gleicher Post war ein Brief von ihrem Scheidungsanwalt gekommen.

Danach war ich ziemlich am Boden. Ich wusste, ich hatte es verbockt. Ich hatte Julia und meine Kinder, meine Familie, geliebt. Julia war eine tolle Frau, und wir hatten eine schöne Zeit zusammen. Seltsam, wie scharf die Erinnerung an etwas Schönes in die Seele schneiden kann, wenn man es verloren hat, dabei sollte es doch Balsam sein an schlechten Tagen.

Ein paar Tage später waren meine Kinder bei mir. Meine Schwiegermutter hatte sie hergefahren, kam aber nicht mit ins Zimmer. Ich hatte versucht, ihnen zu erklären, was passiert war, aber sie blieben völlig unbeteiligt, als langweile sie alles. Dann haben wir viel geschwiegen, und am Ende habe ich geweint. War nicht so spaßig für die Kinder. Ich glaube nicht, dass sie mich noch mal besuchen kommen.

Es klopfte. Ich war für einen kleinen Moment freudig erregt, dabei wusste ich gar nicht, auf wen ich mich freuen würde. Nadija kam herein, und ich freute mich wirklich.

»Hallo, das ist aber schön, dass du kommst«, rief ich und hing blöderweise gleich einen Vorwurf hintenan: »Warum erst jetzt?«

Nadija ließ sich nicht davon beirren, sie kam an mein Bett und gab mir einen zärtlichen Kuss auf den Mund. »Tut mir leid. Ich wollte dich früher besuchen, aber ich hatte so viel zu tun.«

Sie erzählte, dass sie den Fall hatte abwickeln müssen. Der war gleich nach der Schießerei vom BKA übernommen worden, weil es um Menschenhandel mit internationalen Verflechtungen ging. Sie war zuvor natürlich auch vernommen worden.

Außerdem wurde Oppermann verhaftet. Seine Beteiligung in der Sache wurde sowohl vom BKA als auch von der Inneren vom LKA überprüft.

Es stellte sich heraus, dass sich Oppermann, Hauptmann, Kalkhoff und einige andere von einem Bundeswehreinsatz gegen Piraten kannten. Der Seekadett Oppermann vergötterte die harten Kerle von den Kampfschwimmern regelrecht. Er hatte Gerl manipuliert, und zusammen hatten sie einige Probleme der Gang beseitigt. Genaueres verriet das BKA nicht, und so würde man auf den Prozess warten müssen.

Weil Nadija die Einzige war, die vom K11 übrig geblieben war, hatte Großhans ihr die Leitung übertragen. Um neue Mitarbeiter für die Abteilung musste sie sich auch kümmern.

»Das hört sich echt nach Stress an. Kommt David dabei nicht zu kurz?«, fragte ich. »Wie geht es ihm?«

»Ich krieg das schon hin«, sagte Nadija. »Ich gehe trotzdem pünktlich nach Hause. Was ich nicht schaffe, bleibt eben liegen, und ich halte mir den ganzen unnützen Verwaltungskram vom Leibe. Effiziente Arbeit am Wesentlichen, organisieren, delegieren, und schon klappt es.«

Was war das für ein Unterschied zu der Nadija Hammerschmitt, die ich vor einiger Zeit kennengelernt hatte? Hier stand eine selbstbewusste Frau, die noch viel vorhatte.

»Und bei David geht es jetzt auch viel besser. Mathe ist super, aber er hat noch Schwierigkeiten mit dem Lesen, trotzdem wird er die zweite Klasse sicher schaffen.«

»Ich hab mir da ein paar Gedanken gemacht, hatte ja Zeit genug. Sag ihm, er soll sich die Buchstaben eines Wortes als Autos vorstellen: Alfa Romeo für A, B für Bentley oder Bugatti, Citroën für C und so weiter. Er steht an der Autobahn, und sie fahren in kleinen Gruppen an ihm vorbei: Mercedes-Audi-Mercedes-Alfa für Mama. Zuerst fahren sie langsam, die Zeilen sind die Fahrspuren …«

»Carl, das ist doch Quatsch.«

»… und dann immer schneller. Für uns ja, total umständlich, für David nicht. Er wird es verstehen. Es ist wie beim Rechnen, er muss die Zahlen und genauso die Schrift imaginieren. Und mit Autos kann er es am besten, besser als jeder andere. Versuch es wenigstens und dann lass ihn mal machen.«

Nadija lächelte. »Ja, vielleicht könnte das klappen. David hat jetzt einen Nachhilfelehrer, der kann das mit ihm ja mal üben.«

Sie schwärmte geradezu von dem jungen Mann, einem Studenten, der erst Mathematik und Englisch studiert hatte und dann noch Kinder- und Jugendpsychologie. Im Rahmen seiner Bachelorarbeit arbeitete er jetzt mit Jugendlichen mit Handicap. Außerdem hatte er ein Mini Cabrio, und David fand ihn ganz klasse.

»Schläfst du mit ihm?« Irgendwas bohrte in mir.

Nadija boxte mich vorsichtig in die Seite. »Er ist zehn Jahre jünger.«

»Ein Grund, kein Hindernis.«

»Er ist ganz süß.«

Ich nickte nur und drückte ihre Hand. »Tu dir nicht weh.«

»Schon okay. Weißt du, Monogamie ist wie die Straßenverkehrsordnung: Im Alltag funktioniert es einfach besser, aber mehr Spaß haben die, die auch mal Gas geben.«

Wir sahen uns an und schwiegen.

Ich lächelte verlegen. Nadija verstand. Sie sagte: »Sie ist zurück nach Afghanistan. Das BKA hat ihre Aussage aufgenommen, und dann ist sie von ihrem Botschafter abgeholt worden. Die anderen Frauen sind erst ein paar Tage später geflogen.«

Fand ich seltsam, aber was wusste ich schon von Rayana? Der Fall war so weit geklärt. Der Haupttäter Walter Hauptmann tot, es würde zu Anklagen gegen fünfzehn PMC-Mitarbeiter kommen, für die Peter Manakov interne Untersuchungsergebnisse und belastendes Material zur Verfügung gestellt hatte.

»Einer ist uns entwischt«, sagte Nadija. »Der Standortleiter Dr. Paul Hogmann. Er muss mit eingeweiht gewesen sein, aber weder Manakovs Material noch die Aussagen der fünfzehn Beschuldigten können seine Rolle genauer spezifizieren.«

Ich erinnerte mich an Hogmann, smart, gut gebaut, aber ein bisschen blasser Verwaltungstyp. »Hatte der auch was mit der Kameradschaft Hauptmann, Kalkhoff, Oppermann zu tun?«

»Nicht das ich wüsste. Seine Akte ist eher dünn, ein unbeschriebenes Blatt.«

»Und was ist mit Giller, seiner Frau und seinem Kind?« Nadija lächelte zufrieden. »Denen geht es gut. Giller bekommt keine Anzeige, weil wir gesagt haben, er habe sich uns freiwillig gestellt. Das Asylverfahren für Aijdina läuft, und sie wollen jetzt endlich offiziell heiraten.«

Das freute mich. Giller war ein altes Kampfschwein, aber ein verliebtes, und im Grunde eine ehrliche Haut.

»Ach ja, apropos Hogmann, hier, ich habe dir etwas mitgebracht.« Sie legte mir eine etwas dickere Mappe und einen Schnellhefter hin. Die Mappe war eine Pressemappe mit einer Zusammenfassung der Untersuchungsergebnisse, die Nadija noch ergänzt und extra für mich kommentiert hatte. Ich blätterte sie etwas gedankenverloren durch, während Nadija sagte: »Übrigens, du wolltest doch wissen, über was Rayana Bakthari mit dem Außenminister gesprochen hat.«

Ich erinnerte mich an das Bild.

»Es ging um Menschenhandel in Afghanistan und Pakistan. Sie war gut informiert, sagt der Außenminister. Wusstest du, dass es in Pakistan rund zwei Millionen Sklaven gibt und weltweit bis zu dreißig Millionen?«

Ich hatte es nicht gewusst, und die Zahl schockierte mich. Wir hatten zehn befreit – ich fühlte mich lächerlich mickrig. Dann las ich eine Zeile in dem Aktenordner: »... müssen die Temperaturaufzeichnungen der Kühlkammer gelöscht worden sein.« Also doch, Diren Bakthari war in der Kühlzelle des alten Offizierskasinos erfroren – worden. »Warum haben sie ihn nicht einfach verschwinden lassen, irgendwo in der Wüste aus dem Flugzeug geworfen?«

»Sie haben sich auf Oppermann verlassen, und dann wurde ihnen ihr vermeintlicher Vorteil, dank dir, zum Verhängnis.«

Ich fühlte mich stolz und unbedeutend zugleich. Was ich auch tat, es reichte nicht.

Ich nahm den Hefter in die Hand.

»Von Manakov, mit den besten Wünschen«, sagte Nadija.

Auf dem Deckel stand: »Dossier – Dr. Paul Hogmann – alias Erich Dimaschewski«. Ich sah sie fragend an. »Kennst du den Inhalt?«

»Ist versiegelt und ausdrücklich an dich gerichtet. Aber ich denke, du solltest zuerst deine Therapie zu Ende bringen, bevor du dich damit beschäftigst.«

»Warum gibst du ihn mir dann?«

»Weil du ein großer Junge bist und selbst wissen musst, was gut für dich ist.«

Ich legte die Mappe zur Seite mit dem festen Vorsatz, sie erst anzurühren, wenn ich wieder voll einsatzfähig war.

Nadija nahm es zur Kenntnis und präsentierte mir wie zur Belohnung noch eine Überraschung. »Wenn du hier raus-kommst, wartet eine neue Aufgabe auf dich, wenn du Lust hast.«

Sie spannte mich mit einer Kunstpause auf die Folter. »Ja, erzähl schon.« Ich verspürte zwar noch keinerlei Tatendrang, aber neugierig auf das, was die Personalverwaltung sich für mich ausgedacht hatte, war ich schon.

»Es wird eine neue Abteilung namens ›Verbindungsstelle Internationaler Menschenhandel‹ geben, genannt VIM, ruhi-ger Job, keine Ermittlungsbehörde, so eine Art Presse- und PR-Abteilung im BKA. Großhans hat dich wegen deiner Er-fahrung mit Menschenhändlern ins Gespräch gebracht, und ich glaube, Manakov hat sich auch für dich eingesetzt.«

»Manakov?«, fragte ich ungläubig. »Ein in Amerika le-bender russischer Geschäftsmann empfiehlt einer deutschen Polizeibehörde, wie sie ihre Mitarbeiter einsetzen soll?« Ich konnte nicht fassen, wer da so alles über mich entschied.

»Ich glaube«, sagte Nadija, »er kennt den Verteidigungs-
minister gut. Er hat ihn sogar schon mal auf seinem Landgut
in Niedersachsen besucht.«

»Aber das BKA gehört zum Innenministerium.«

»Der Innenminister ist ein guter Parteifreund vom Ver-
teidigungsminister«, meinte Nadija vielsagend.

Ich nahm das Dossier noch mal zur Hand. So wie ich Manakov kennengelernt hatte, war das kein Zufall, dass der neue
VIM-Mitarbeiter, Carl Christopher Moderski, dieses Papier
erhalten hatte.

Irgendwie begann ich, mich auf die neue »ruhige« Stelle
zu freuen.